KB118084

샤워젤과 소다수
고선경 시집

문학동네시인선 202 고선경

샤워젤과 소다수

시인의 말

너에게 향기로운 헛것을 보여주고 싶다.

2023년 10월
고선경

차례

2부 소다맛 설탕맛 돌고래맛 혼잣말

3부 진짜로 끝나버렸어 여름!

4부 미워서 하는 말이 아니야

1부
여름 오후의 슬러시

우리는 목이 마르고 자주 등이 젖지

옥상의 페인트 빛깔이 어둠에 섞일 때
어떤 믿음은 난간 같았어

야경이라는 건
어둠이 밀려날 수 있는 데까지를 말하는 걸까
이 도시는 사람들의 소원으로 빼곡해

아무도 없는 곳으로 놀러가자
내 손바닥에 밴 아오리사과 향기
그러나 압정을 한 움큼씩 쥐고 있는 기분

우리는 목이 마르고 자주 등이 젖지

리듬을 이해하지 않으면서
리듬에 대해 얘기했어

등이 젖은 사람을 따라 걷다가
저마다 웅덩이가 있구나
퐁당퐁당 생각했어

아무것도 훼손하지 않으면서 훼손되지 않고 싶다

너와 손을 맞잡고 싶지만

내 손안의 압정을 함께 견디고 싶지는 않다

깊은 바다로 다이빙하는 것과
작은 물웅덩이로 다이빙하는 것
어느 쪽이 더 위험할지

그딴 건 모르겠고 물수제비나 뜨자
나는 요령이 없어

내려다본 골목에 채소를 가득 실은 푸른 트럭이 서 있다
누군가가 몰래 무 하나를 훔쳐간다
희고 싱싱해서 그냥 먹어도 맛있을 것 같다

방수가 잘되는 페인트를 엎지르고서
우리는 온몸이 젖고 있었다

여름 오후의 슬러시

투명한 봉지 속에서 금붕어가 헤엄친다
너와 보도블록을 따라 걸을 때
슬리퍼가 너무 작다

슬러시에 꽂힌 빨대 하나로
너와 감기를 나눠 마시는 생각

왜 이렇게 기우뚱하게 걸어
금붕어도 멀미를 느낄까

나는 계단도 침착하게 굴러
달고 끈적이는 슬러시를 엎지르면서
가끔 얼음 알갱이가 씹힌다

아 시원해

교실 문을 열자마자 마루에 눕고 싶고
우리의 체육복은 지저분하다 땀과 흙이
점점 번지면서 체육대회를 지속하려 한다

열기를 견디는 것까지가 경기이듯이
여기를 견디는 것까지가 규칙이다

슬러시에서는 열대과일맛이 났다
맛이라기보다는 향에 가까운
우리는 기후를 베끼려 했다

몸에 판박이를 덕지덕지 붙였고
잘 안 지워졌다

슬리퍼 한 짝이 음수대 위를 떠다녔다
봉지만 벗어나면 익사하는 금붕어
금붕어는 죽다 말다 하면서 슬리퍼를 통과했다

증상인지 사랑인지 구분되지 않는 나의 멀미

오후와 주황빛은 잘 어울리고 아주 잘 어울리면
거의 투명해 보인다

너는 연장전에 지친 선수처럼 퇴장한다
종이컵을 우그러뜨리고

나이스 숏

쓰레기통이 기우뚱하더니 내용물을 쏟는다
퉁퉁 불은 한쪽 슬리퍼와 녹다 만 슬러시

체육대회가 끝난 다음날의 기분

계단에서는 언제나 짜고 시큼한 냄새가 난다

샤워젤과 소다수

너에게서는 멸종된 과일 향기가 난다

투룸 신축 빌라 보증금 이천에 월세 구십, 어떻게 해야 너를 웃길 수 있을까 하는 생각, 두 시간 동안의 폭우, 일주일 동안의 아침, 유리병 속 무한히 터지는 기포

현관에 놓인 신발의 구겨진 뒤축이 웃는 표정을 닮았어 너는 침대에 누워 있고 바람이 많이 부는 청보리밭에 가고 싶다 멸종된 기억을 가지고 싶다 너의 머리카락이 가볍게 흩날릴 때 나는 사라진 언어를 이해하게 된다

아침의 어둠이 이젠 익숙해
그래도 같이 씻을까
산책을 갈까

세상에서 가장 느린 산책로
쓰러진 풍경을 사랑하는 게 우리의 재능이지

네 손의 아이스크림과 내 손의 소다수는 맛이 다르다 너의 마음은 무성하고 청보리밭의 청보리가 바람의 방향을 읽는 것처럼 쉬워

무한히 터지는 기포

— 나는 너의 숨을 만져보고 싶다

　너는 머나먼 생각처럼 슬프거나 황홀한 곳까지 나를 데려갈 수 있다 이렇게 차가운 빛의 입자는 처음이야 아이스크림 속에도 휴양지가 있는 것 같아 매일 집에서 너를 보는데도

　놀랍지
　세상에 없는 농담 같아

　마른 손 위에서 거품을 일으키며 녹는
　이상한 열매가 사랑이라면

　세상에서 가장 느린 목욕 시간
　투명해지는 몸들이 자국을 가르치지

　사라지지 않는 생각이 나를 쓰다듬고 있어
　생활이라는 건 감각일까 노력일까

　너와는 어디에서도 쉴 수 없어 미리 장소를 지워두었지 날씨를 오려두었지 향기만 남겨두었지 욕실용 슬리퍼가 바닥을 끄는 소리 어둠 속에 잠겨가고 우리는 우리의 미끄러운 윤곽을 읽는 데 몰두한다

　—

시간이 잼처럼 졸고 나는 불붙은 기억이 되려 한다
세상에서 가장 빠른 숨
뼈와 살이 좁혀진다

유통기한이 지난 약은 약국에 버려주시면 됩니다

우리의 교환일기는 늦여름 더위를 먹고 다 타버렸지

심야 산책중 주운 나뭇잎들과 너의 깨진 안경알 잡동사니 불길한 애정 모든 게 따분해졌는지 몰라 선풍기가 고장난 빈 교실에서 있었던 일 기억해? 그날의 일기에는 귀여운 스티커를 덕지덕지 붙여두었잖아 너의 펜촉은 유창한 주삿바늘이었어 알록달록한 감정들을 주입했지 통통하게 부푼 마음을 찔릴 때마다 나는 향기로워졌어

졸업앨범을 펼치면 나란히 정돈된 자세들을 볼 수 있지만 덧난 시간들은 교정되지 않은 덧니 같고

소각장에서 우리 가끔 불량하게 서서 껌을 씹고는 했잖아 입술을 모아 풍선을 불 때 귓가에 먹구름처럼 흐르던 너의 속삭임 포도 향이었는지 딸기 향이었는지 잘 떠오르지 않지만 그런 게 우리가 겪을 수 있는 최대치의 비극이라면 얼마나 좋을까 지루한 노래가 동어반복처럼 들려온다는 게 일주일에 한 번은 식판에서 머리카락이 발견된다는 게 도무지 기쁜 일이 생기지 않는다는 게……
우리가 주고받은 핑크색 종이쪽지들은 모서리가 점점 닳아갔지

언제였는지

에스프레소 또는 아메리카노
처음 마셔본 커피는 끔찍하게 썼다

내 얼굴은 해바라기의 그을린 씨앗처럼 빼곡해졌어 네가
한 움큼씩 퍼먹던 그것 교환일기의 낱장 사이로 흘러내리기
도 했는데 그만큼 많은 증거를 남긴 거야 삶은 너무 무거운
찻잔이라든지 우리가 그것을 함께 견뎠다든지 잘 기억나지
않는 처음이 무심하게 재현되는 것이 미래라면 그건 너무
시시하고 미비하고 신비해 그렇지 않니
너는 삼 년 내내 여름 감기를 앓았어

때때로 신의 호의란 오직 무심함뿐이라는 생각……

네가 우리집 문을 두드렸던 새벽 커튼 사이로 푸른 햇빛
이 비쳐들었고 덜 익은 토마토 같은 짠맛이 났지 너는 아무
것도 되고 싶지 않다고 말했어
마음이 전부 사라지게 해달라고 기도했던 날에도 우리는
단지 외로운 두 사람일 뿐이었을까? 그렇다면 여름방학에
선풍기가 고장난 빈 교실에서 있었던 일은?

나쁜 꿈처럼 너의 침대맡으로 침투하고 싶던 나날 지나
나는 오래전에 죽은 사람이 되어 네 곁에 누워 있어

연장전

온천에 가고 싶다
한여름에 그렇게 말하니까 쪄 죽을 것 같은
더위가 입속까지 말려들어오는구나 열대야
열대야니까
노상에서 과자 한 봉지 펼쳐놓고 캔맥주를 마신다

너는 어떤 연습을 하고 있어?
밤공기 누그러뜨리기 초식동물처럼
목이 길어질 것 같다
회사를 다녀볼까?
깨진 플라스틱 테이블 위로 오가는 질문과
생각과 생각과 생각들
매년 연장되는 여름처럼
우리의 딴청은 길어지고 있어

여러 매체에서 묘사되는 젊은 날은 대개 비현실적으로 빛
나고 아름다우며 엉망진창인 것입니다

블루투스 스피커에서 흘러나오는 라디오 속삭임 찢어발
기고 싶은 종이들 매미 울음소리 너무너무
맹렬한 건 뭐든 무섭지 않아? 그게 호의고 선의고
다정일지라도

분위기를 파악하는 사람이 있다면 분위기를
장악하는 사람도 있다
나는 그 사람이 싫고 기대가 되지 폭우가 쏟아지길 기다
리는 우산처럼
내진 설계로 지어진 건물처럼

볼륨 좀 높여봐
그래, 나도 이 음악을 좋아해
너는 표정을 구기며 웃는다 어디선가 희미한 불냄새가 풍
겨온다 건너편 옥상에서 흰 연기가 솟아오르다가 흩어진다
맛있는 냄새야 착각인가?
나는 맨발로 아스팔트를 밟아 해변까지 걷고 싶은데
왜 여기에 죽치고 앉아 있는 걸까 이러다
슬리퍼가 녹아 발이 땅에 눌어붙겠구나
이 동네는 바퀴벌레가 많고
서울의 다른 곳들에 비해 별자리가 쉽게 관측된다

있지, 너하고 같이 사는 일이 지겹다 한여름에는 걷다가
거미줄에 걸리는 일이 흔하고
우리는 너무 엉켜서 거의 한 사람처럼 보인다
어둠 속에서는 사람이라기보다 하나의 덩어리로 보인다

내일은 코인 빨래방에 들렀다가

냉장고 야채 칸 속 샐러드를 꺼내 먹자
너는 온천 따위는 금세 잊고 고개를 끄덕인다

네가 과자를 집어먹을 때마다 조금씩
부스러기가 떨어져내린다
나는 발에 힘을 주고서
슬리퍼 밑창을 조용히 눌렀다가 뗀다
바퀴벌레 사체가 원래 그 자리에 있던 얼룩 같다

자동차 후미등 불빛 너무너무
붉고 환하다

잼이 되지 못한 과거

나무딸기 따러 숲으로 향했어
기분이 좀 너덜너덜해서

친구는 지우개를 빌려줬지 향기나는 볼펜을 빨아봐서
잉크맛 좀 아는 친구였어 도시락 모양 지우개는 기능을
못하더군
부서져 가루가 되었어 뭔가 잘못됐다는 걸 깨달았지 그 지
우개의 용도는 귀여움이었는데

사이좋게 같이 너덜너덜해졌다
필통 속을 구르던 연필
꼭지를 씹다보면 잠이 왔어

한여름이 대롱대롱
아 머리가 터질 것 같네
위에서 햇볕을 자꾸 부어주잖아

위
라는 건 되게 거슬려

단추를 끝까지 잠근 교복이 목 조르잖아

가지 마 숲에는 무덥고 사나운 일이 많아, 선생님 말씀

잘 알겠고요 나는 그런 걸 모조리 챙겨오기 위해 옆구리
에 바구니를 꼈어요

　반짝이는 껍질 죄다 쓰레기
　물이 고인 곳에는 알 수 없는 알이 둥둥 떠다닌다

　얼음을 한 움큼 입에 넣고 잠 좀 깨볼까
　깨진 얼음 틈새로 물이 흐르고 턱을 타고 흐르고 깨진 턱
마저 흘러내리는군
　턱의 용도는 물어뜯기였는데…… 피맛을 보면 뭔가 잘못
됐다는 걸 깨닫게 된다

　정말 잘됐죠?

　아 추워 죽겠네 누가 에어컨 좀 꺼봐, 반장 말씀
　알겠고
　추워 죽겠으면 죽어

　이가 덜덜 떨린다 친구는 숲에서 따온 나무딸기를 내놓으
라고 말한다 네가 걸레 빨던 물 엎지른 거 비밀로 해줄게 네
바구니 속에 뭐가 들었는지 보여봐

　바구니 속에 든 건 내가 낳은 알이야

나만 먹을 거야 저항해보지만
　교실에는 볼펜 꼭지를 딸깍거리면서 고개를 끄덕이는 아
이들이 많다

　차라리 태어나지 말지 그랬어
　그런 말은 시금털털하다

오! 라일락

아무도 나랑 놀아주지 않았을 때 언니도 묘연했다

우리는 같은 중학교 학생이었고 엄마 아빠는 중요하지 않았다 중요한 건 급식을 누구와 먹는지 배드민턴을 누구와 치는지 같은 반 아이들이 어떤 아이돌 그룹을 좋아하는지 언니는 왜 나를 보러 오지 않는지

언니는 나보다 한 살 위고
이효리처럼 노래 잘하고
춤도 잘 췄다

언니의 친구들은 나를 몰랐지만 나는 알았지; 마리 제니 소이 그런 이름을 가진 언니들
나도 카스텔라처럼 부드러운 발음의 이름이고 싶었는데

언니는 딱 한 번 나와 급식을 먹어주었다 내가 배식 당번이 되었을 때 언니의 식판에는 요구르트 두 개가 놓였다 언니와 같은 고등학교에 지원하고 싶지는 않았다

사랑하면
어디까지 해줄 수 있어?

그런 질문은 하지 않았다

너무 많은 나를 길러낸 다음에도
울퉁불퉁 사춘기가 잘 접히지 않아서
바나나우유랑 초콜릿 사 먹었다 모모코*가
"달콤한 것들로만 배를 채우고 싶어" 말할 때는 솔직히 좀
감동이었다

나는 바구니 달린 자전거를 고집했다 바구니는 잡동사니
로 꽉 채웠다 왠지 마음이 든든해지니까

그리고 넘어지면 안 될 것 같은 기분
조심한다고 했는데
구슬을 너무 많이 꿴 팔찌가 툭 끊어지듯

나를 쏟으면 개중에 몇몇은 분실했다

나는 속이 상해
언니 때문에 진짜
속상해 죽겠다 언니만큼이나

여름도 오지 않는데 나는 자꾸 우거져 거대해져 가려운
부위가 점점 번져 비가 내리면 진흙과 돌부리를 그냥 지나
치지 못한 자전거가 나동그라지고 언니를 미워하는 마음

─ 이 다치고

　　이제 작은 상처는 돌보지 않게 돼

　　바깥은 라일락이 폈다는 향기로운 소문으로 가득했다

　　이때까지 나는 잘도 말라죽지 않았구나 무심코 거울을 봤
다 고양이를 무서워하고 꽃을 좋아하는
　.　언니가 서 있었다 비가 그치고 맑아진 얼굴로

　　흰
　　꽃잎
　　한 장 나부끼지 않지만 언니

　　우리는 끊임없이 흔들리며 서로의 가지가 되어주었다

* 영화 〈불량공주 모모코〉의 주인공.

─

우리의 보사노바

혼자서 갔지 바다가 보이는 고요한 시골 마을에
모래사장을 걸었어 입자가 고운 모래였는데
맨발로 걸을 엄두는 나지 않았어

젖은 몸과 식물을 말리고 싶은 햇볕 아래였어 깨끗하고 아
름답게 펼쳐진 모래사장에 압정 서너 개가 버려져 있더라
그게 신발 밑창을 뚫지는 못하더라

학생부실로 나를 데려간 음악 선생님이 왜 그렇게 싫었
을까? 음악 선생님이 없었더라면 아마 나는 맞아 죽었겠지

여기는 아담한 카페가 많고 대체로 일찍 문을 닫아
작고 예쁜 시골 마을에 잠시 들른 관광객들은 해 지기가
무섭게
숙소로 돌아가거든

봄이었는지 여름이었는지 계절조차 불분명한 어느 밤에
우리는 마셨지 취하고 싶었으니까 나는 보사노바풍으로 말
하는 입술을 가지고 싶었는데 울음만 토했어 실컷 울고 나
면 머쓱함을 느끼거나 기분이 나아질 것 같았지만

그때 진짜 미안했다
......

커피를 주문하고 잠시 의자에 앉아 쉬는 중이야

흰 벽에 달력이 붙어 있어 어떤 칸들에는 이름이 적혀 있
다 익숙하고

전부 모르는 이름들 정체가 궁금한 이름들 나는 이름 있
는 사람들을 멋대로 상상해 뒤통수가 납작하다거나 양쪽 눈
썹이 다르게 생겼다거나

한 번만 만져보고 싶던 너의 옆얼굴이 생각나네

너는 내 귀에 대고 악을 쓰던 장난

맑고 높은 웃음소리

보사노바풍으로

기쁜 보사노바풍으로

빗방울이 유리창을 두드린다

투명한 것들끼리 부딪치는 소리는 듣기에 편안하구나

나도 입체를 가지고 싶었어 녹아가는 얼음의 모서리 같
은 것

그것에 대한 이해력

씨발 제대로 안 할래?

......

제발 한 번만 다시

살면서 의자 하나쯤은
훔쳐도 괜찮을 것 같은데
그래도 너랑은 무관한 일일 텐데

너와의 기억을 떠올리면 왜 나는 엿듣는 기분이 되는지

유리창에 한쪽 뺨을 댄다
빗방울이 굵어지는데 뺨에는 아무런 감촉도 느껴지지 않
는다

텅 빈 모래사장 위를 고양이 한 마리가 유유히 지나간다

걱정 마
압정은 내가 주워왔어
그때 미안했다는 게 지금 미안하다는 건 아니잖아 그러
니까 그냥
내가 필요하다고 말해줘

보사노바풍으로
기쁜 보사노바풍으로

내가 가장 귀여웠을 때 나는 땅콩이 없는 자유시간을 먹고 싶었다*

달아빠진 것만 좋아했으니까 노란 비닐 포장지 위로 흘러넘치던 향긋한 냄새 땅콩 박힌 캐러멜을 감싼 초콜릿 표면은 매끄러운 물결무늬였다 엄마와 치과의사는 주기적으로 내게 충치의 공포를 심어주었고 그것은 집요하게 이에 달라붙었다 땅콩이 없었으면 더 좋았을 텐데

끈적이는 창틀에 먼지가 덮여 있다 내게도 잘 떨어지지 않는 것들이 있지만 이제 단것은 그렇게 많이 먹지 못해 옛날 드라마 대사는 아직도 친구들과 따라 하는데 자유시간의 새로운 맛이 출시된 지가 너무 오래되었다

내가 가장 귀여웠을 때 나는 아무도 나를 모르기를 바랐다 나를 아는 사람은 모두 나를 싫어하는 것 같아서 충치 치료를 받으러 다니면서 단맛을 좋아한다는 게 부끄러워서 예쁜 조약돌을 발견하면 주머니에 넣고 보는 습관이 있었다 숨겨놓고 나만 보고 싶은 마음과 자랑하고 싶은 마음이 엇갈렸다

어떤 감정은 크리스마스가 지나고도 치우지 않은 장식 같지?

겉옷 주머니에 손을 넣으면 가끔 사탕이나 초콜릿 포장지가 만져진다 내용물이 빠져나가고 없는 것들

포장지가 없는 조약돌은 아무데서나 아무렇게나 굴러다 ⌐
녔다 텅 빈 것들끼리 허약하게 부딪치는 소리를 내면서 그
런데 이것들은 도대체 어디서 주워왔을까?

다시 보고 싶었던 드라마들은 이제 여러 OTT 플랫폼을
통해 쉽게 찾아볼 수 있게 되어서
다시 보고 싶지 않아졌다

올여름에는 벽에 매단 리스를 떼어냈다 플라스틱으로 구
현한 초록색 잎들이 바닥에 떨어져내렸다 그것들이 거추장
스러운 이유는 바닥을 전부 덮지 않았기 때문일 것이다

땅콩이 없는 자유시간은
이미 출시되었다가 단종되었다고 한다

* 이바라기 노리코의 「내가 가장 예뻤을 때」를 모티프 삼은 유형
진의 「내가 가장 예뻤을 때 나는 바나나파이를 먹었다」를 모티프
삼았다.

방과후 우리의 발생

알록달록한 전구들을 몽땅 깨뜨리고서
우리는 뾰족해진 발걸음으로 걸었어
빈 교실을 찾아서

둥글게 모여 앉아 식물도감 읽었지
파룻파룻해지려고

이곳은 책으로 지은 정원이야
물 끓는 소리만 들려줘도 퉁퉁 불어

어둠 속에서도 울음을 정확하게 읽는 너는
알전구의 짭짤함을 아니
와작와작 씹히는 음절들 말이야

한쪽 뺨이 투명한 너는 색감을 좀 아니
상처가 어떤 농도로 변해가는지

아니 똑바로 봐봐
여기 우리밖에 없잖아
싫으면 엎드려뻗쳐

초록 속에서 우리는 보글보글 끓었다
한 방울만 튀어도 책장 사이로 비둘기가 날아올랐다

우리는 서로의 성장을 기대하며 서로의 귀에 씨앗을 심어
주었지 어른이 되면 갚아, 다정하게 속삭였지 그렇게 무력
무력 우정을 길러냈잖아 푸른 식물을 태울 때 공기는 얼마
나 오염될까

　우리의 종아리는 수시로 흘러내렸고
　땀방울이 죽죽 빗금을 그었지

　왜 그렇게 맹렬해야 했을까

　졸업이 가까워지자 정원으로 향하는 계단은 저절로 허물
어졌다

　우리는 식물도감에 적히지 않은 내용을 어렴풋이 알게 되
었다 불 없이도 타들어가는 법을 알게 되었다

　유리창으로 달려들었다가 시체가 된 것들을 발견했을 뿐
인데 반성문을 적어야 했던 일과 우리가 자발적으로 우리
가 된 일에 대해

　의심하기 시작했다

그리하여 우리는 포옹도 악수도 없이 헤어졌는데
　　그것은 혼자 할 수 없는 일이기 때문이었다

여름밤 괴담에서는 목탄 냄새가 난다

문고리를 붙잡는 손에 불이 붙은 것 같다
사내는 펄럭이는 마음을 가지게 된다

실내에서 기르는 식물은 춥다
이 집에는 나 혼자 삽니다 식물 아니고는
우리를 슬퍼하는 동물도 없고요
혼자서 혼자를 상상하는 혼자만이

빛의 그물을 걷어가는 밤에

격자무늬는 어떤 힘으로
격자무늬를 지속합니까

사내는 문밖에 선 채 타들어간다
진압할 수 없는 불이 계단을 떠내려간다

나는 나를 좀 쏟고 싶어서
싱싱하게 눈물도 흘려

안전이 제일이라잖아
우는 사람을 해치면 나쁜 사람이잖아

울지 않는 사람이 우는 사람을 해치고 우는 사람이 울지

않는 사람을 해치고 우는 사람이 우는 사람을 해치고 울지 않는 사람이 울지 않는 사람을 해치는 일

그런데 해치는 게 더 나쁘냐 우는 게 더 나쁘냐

사내는 문을 부수고 뚜벅뚜벅 걸어들어온다 온몸이 까맣다 땀과 재를 흘린다 식탁 위 찻주전자를 들고 부리에 입술을 댄다

그래 캐모마일티나 마셔 도움이 될 거야
코 맵다고 움켜잡지 좀 마

너는 상상력이 너무 좋아 혼자 뭘 그렇게 맨날 상상하니 내가 묻자 사내는 음악이 들린다고 했다 댕강댕강 잘린 나무줄기가 보인다고 했다 그걸로 목 조르는 상상

아 상상 좀 하지 마

사내가 조용해진다
등뒤에서는 세탁기 돌아가는 소리

이것도 음악 같니?
이 나간 접시들이 찬장에서 우르르 쏟아진다

음악을 흐르는 불과 불을 흐르는 음악이 집안 곳곳으로
침투한다

 이 동네는 치안이 좋지 않네

 유리창에 끓는 비가 부딪친다 유리창의
실핏줄이 터지고

 그을린 벽지가 울며
불며 얼굴을 덮는다

밝은 산책

감은 눈 속에서 어두운 숲이 부풀었어 이파리 한 장에도 나는 쉽게 긁혔고 너는 괜찮아 괜찮아 말해주었다 동전을 던져 미래를 결정하려 했으나 동전은 손바닥을 통과해 깊고 깊은 웅덩이 속으로 가라앉았다 미래가 나를 결정하려 하는 것 같아 괜찮아 괜찮아 하지 말고 네 심장을 꺼내 나에게 줘 너의 그 녹슨 심장 말이야 혹시 억울하니

밤은 매일의 페이지를 넘긴다 파본 파본 파본 나는 너무 시끄러운 귓속말이야 마음대로 길을 내지 마음에 드는 식물을 보면 뿌리째 뽑아버리지 어디선가 날아온 공이 뒤통수를 세게 쳐 나도 모르게 눈을 번쩍 떴어 눈을 뜨면 어떤 세계는 더이상 보이지 않게 되었다 지하철에서 회사에서 식당에서 집에서 캄캄한 눈꺼풀 안쪽을 두드렸다

한 달도 가고 일 년도 갔다 한물간 동전들이 하나둘 내 안으로 떨어져내렸다 다시 그 숲에 가게 된다면 불을 질러버릴 거야 그게 마지막이 될지도 모르니까 그때 숲은 환희로 가득차게 되리라는 게 내가 지은 결말이었다 너는 안 들려 안 들려 하다가 내 몸에 기름을 부었다 만약 폭우가 내렸더라면 더 아름다운 장면으로 거듭날 수 있었을 텐데

밤은 너무 자주 읽은 편지야 모든 문장 속에서 너는 사이프러스처럼 서 있고 흔들리고 향기를 풍긴다 적당히 촉촉해

서 우수에 젖기 쉬운 페이지

　어디로 갈 거야?
　네가 향하는 곳

　우산을 버리고 폭우를 맞으며 한 발 두 발 허밍은 산책 산
책은 허밍 그런 말로 우리는 우리를 얼마든지 기만할 수 있
다 나의 깊고 더러운
　숲속을 걷다가 버려진 자동차에 몸을 싣는다 그건 내가
결정한 미래 시동은 가까스로 걸리게 되어 있다 그리고 돌
진 돌진 돌진

　신호등에 어떤 불도 들어오지 않은 아주 짧은 순간 나는
어떻게 하면 아름다워질 수 있을까 생각하다 공중전화 박스
를 박았다 단 한 번의 굉음 녹슨 수화기가 떨어져 대롱거렸
고 그곳에서 너의 허밍이 가느다랗게 들려왔다 괜찮아 괜찮
아 우리는 눈을 떠야 보이는 세계에 갇혀 있었다 숲의 한가
운데서는 언제나 깊고 깊은 도시가 발광했다

츠키에게는

누워서 산책하는 법을 알려주고 싶었다

츠키와는 22세기를 상상할 수 있었다 그곳에선 짓밟힌 꽃다발과 장우산이 다르지 않아 영원한 비가 내리고 밤은 결코 셔터를 내리지 않을 것이었는데, 모든 것이 팔팔 끓겠지 몽상가의 심장에서 꺾은 고드름은 극지에 닿으려 하지만……

죽은 새가 식지를 않는다 츠키가 오는 길에는 깃털이 눈발처럼 나부꼈으면 좋겠어 츠키가 오는 길에는 그림자놀이를 하는 유령들이 서성거리고 츠키를 물끄러미 쳐다보지 넘어지면 어쩌려고 신발을 구겨 신었대? 츠키에게는

유령 목소리에 귀기울일 필요 없다고 말해주고 싶었다 츠키는 돌멩이를 발로 차겠지만 츠키를 위해 나는 가시를 삼킨 목구멍처럼 웃어볼 수도 있을 텐데 우거진 수풀 속 엉겅퀴처럼 츠키가 츠키이기만 하다면
꽃집 옆에 세워진 민트색 스쿠터를 훔쳐 달아나겠지 그리고 다시는 그 꽃집에 방문하지 않을 거야

무릎이 깨지고 허벅지가 터진 츠키, 흰 원피스 자락으로 대충 피를 닦으며 웃는 츠키, 방파제는 거품을 흘리며 녹는다 바닷물이 끓는다 아름다운 부식의 순간들 시끄러운, 너

무도 시끄러운

　몽상을 마시지 시선은 풍경 속으로 던져둔 채
　바게트 빵을 먹다가 입술을 다치는 머저리들

　누워서 산책하기엔 오늘 같은 날이 딱인데, 안 그래? 잠시
들어갈 만한 실내를 찾다보면⋯⋯

　츠키에게는 츠키가 있고
　츠키가 오는 길에는 츠키가 없다

　츠키는 악착같이 나를 불러세우지 어떻게 하면 너를 상상
할 수 있는 것이냐며 울고
　세계의 끝에 매달린 모든 고드름을 단숨에 부러뜨린다

Come Back Home

이 밤, 내리는 비가 상세해진다 악보에 새겨진 음표처럼
그런데 이 집 피아노에는 악보가 없지 문제집이 놓여 있지

빗속에 향을 피워두었는데 불이 꺼지지 않아서
흩어지는 연기를 바라보며 불안을 티백처럼 우리는 소녀
가 있다

올바른 젓가락질을 구사할 수 없지만 소녀에겐 젓가락 한
벌이 있다 젓가락으로 티백을 찌르면 차가 더 진해진다 마
셔도 마셔도 줄지 않을 것이다

소녀는 백 년째 백발이다
소녀는 이 집을 통치한다

죽은 달팽이들을 빗자루로 쓸면 먼지 뭉치가 덤으로 끌려
온다 먼지는 반짝
이미 허물어진 것들만 또다시 허물어지는구나
쓰레받기의 백번째 하품
달팽이 껍데기는 바삭바삭하다

창밖이 느리지
이 집은 더 느리단다
백발 소녀는 지각생을 기다린다

기다리느라 골동품이 되어버린 미래
너무 오래
코가 헐어 있다

바깥에선 이곳을 저세상이라고 부르더군 이곳에선 바깥
을 뭐라고 불러야 좋을지 껍질이라기엔 바삭함이 부족하다
연습장 첫사랑 문제집 사과나무 올리브나무 몰이해의 형식

빗방울은 창문을 깨뜨릴 수 있다
세상에 존재하는 거의 모든 것이 빗방울을 깨뜨리겠지만
소녀는 희망이 심장의 무게 추라는 것을 기억해낸다

음악을 가누는 악기를 본 적 있어?
빛을 가두는 어둠은?
잉걸불은 가까스로 자신을 견딘단다

향이 재로 돌아갈 때
별똥별이 돌멩이로 돌아갈 때
소녀가 소녀에게 돌아올 때

세상이 헐린 자리에만 운명이 자라났다

2부

소다맛 설탕맛 돌고래맛 혼잣말

토마토 젤리

새로운 혼잣말을 하고 싶다

고민은 여러 번 빨래한 청바지처럼 물이 다 빠졌다

파란 개구리를 토하는 상상이 비닐하우스와 비닐하우스
사이를 가로질렀다 상상은 그대로

도시를 떠났다고 한다
꿈꾸는 표정으로 회상하던
아, 개구리의 식감

집집마다 토마토를 기르는 마을

마을에는 청바지 공장과 젤리 공장이 있다 나는 젤리 공장
공장장이 되고 싶을 만큼 젤리를 좋아한다

소다맛 설탕맛 돌고래맛 혼잣말

밤의 단면은 탱탱하다
구름이라고 말할 수밖에 없을 정도로 완벽한 구름

색소를 섞은 비가 내리네

비탈을 따라 토마토는 데굴데굴 구름

빨랫줄만 보면 뭔가를 널고 싶지 구름 젤리 토마토 개구리

물 빠진 청바지는?
충치 같던 나의 사랑은?

머릿속에 젤라틴을 붓고 식어가는 광경 지켜보고 싶다

도시를 떠난 고민들

나의 우산에는 손잡이가 없다

고장난 젤리 장난감 젤리 뭉개진 젤리
청바지 공장 공장장도 즐겨 먹는

개구리

알프스산맥에 중국집 차리기

아르바이트를 잘리고 가게를 나서기 전
얼음물 좀 마셔도 되겠습니까 물었다
물을 마시면서
세상에는 야무지지 못한 사람도 있는 겁니다
쯧, 훈수를 둔 뒤 사장의 어깨를 두드려주었다

그후로도 나는 몇 번쯤 고용되었고
하루에 몇 시간씩 노동했다
사는 게 좋았던 적
사는 게…… 설렜던 적
있다

창백한 복도 같은 표정들에게
올여름에는 눈사람을 만들고 싶습니다
썰렁해진 분위기에도 입술이 찢어지도록 웃었지
나는 가끔 온몸에 아이젠을 두른 사람

이 집은
천국에도 체인점이 생겼으면 좋겠다
그런데 내가 천국에 가지 못하면 어쩌지?
괜찮아, 너만 못 가는 거 아니야
이런 식의 위로는 신기하고 곧이어 맞아 맞아 호응했다
널 죽이면 천국엔 못 가겠지……

웃는 얼굴에 침 뱉기는 어렵지만
웃는 얼굴로 침 뱉기는 참 쉽다

그런데 왜 어떤 가게들은 집이라고 불리는 걸까? 술집 꽃
집 찻집
가엾은 사장님 중국집에 갇혔네*

남부럽지 않은
그릇 개수를 세며 깨끗이 닦았다
매일 설거지하고 청소하고 손님을 응대하는데
침대에 누워도 잠들지 못하는 건 슬픈 일이다

밤이
방까지 몰고 온 안개에 얼굴을 파묻는다
나는 빚이 있단 말이야 바보야 빚은
푹신푹신하다

물 끓는 소리가 빗소리처럼 들린다
물은
끓기 전과 끓은
후, 언제가 더
맑음?

— 전전하던 이 집 저 집 통째로 데리고서
스위스에 가고 싶다 빙하가 흐르는 알프스산맥을 두 눈으
로 보고 싶다
죽기 전에 못 가보면 어쩌지?
괜찮아, 너만 못 가는 거 아니야

어 그래, 좀
위로가 되네

손님이 남긴 얼음물을 버리고
빙하 생각을 하다가
나는 산맥처럼 엎드려
거대한 잠 속으로

어서 오세요
문발이 걷힌다
고글처럼 커다란 안경을 추켜올린다

* 기형도의 「빈집」을 패러디했다.

—

돈이 많았으면 좋겠지

담배는 끊었으면 좋겠고
카페에서 아이스커피를 사 먹고 싶지 가끔은
친구들에게 꽃이나 향수를 선물하고 싶어

오늘은 재료 소진으로 일찍 마감합니다
팻말을 본 사람들이 아쉬워할 때
나는 그 가게의 주인이 되고 싶지

매일이 소진의 나날인데
나를 찾아오는 발길은 드물지

돈을 많이 벌고 싶지
사랑도 하고 싶은데 잘하고 싶은 거지

나를 구성하는 재료의 빛깔과 질감
누가 좀 만져줬으면 좋겠어

옷장 속에서 남몰래 축축해질 때도
누가 나를 꺼내 좀 털어줬으면

모처럼 단잠에 빠졌다가 영원히 깨어나지 않는
그런 걸 소망이라고 말하는 사람이 내 주변엔 많다

어제나 오늘로 충분한 게 아니고
내일이 과분해서

그런데 사랑은 해야겠지

얼마나 정직할 수 있을까 돈과 노동과 사랑 앞에서
정직한가 돈과 노동과 사랑은

만져지지 않는 부위가 만져지기를 바라는
그런 걸 소망이라고 말하는 사람이 바로 나인 것

슈퍼에 가면 불빛 반지라고 적힌 사탕을
오래도록 바라보는 한 아이가 있다

손가락 위에서 달콤하게 빛나는
내일이라는 약속이 필요한 거지 우리는

땅콩다운 땅콩

책상 앞에 앉아서 책도 읽고 술도 마신다 버섯 모양 전등
은 빛을 포자처럼 퍼뜨린다 책 속에서 죽은 사람이 죽은 사
람을 물끄러미 바라본다 조금 뒤, 죽은 사람은 죽은 사람의
뺨을 툭툭 치면서 아 이 사람아 이제 정신 좀 차려봐 말한다
그런데 이거 혹시…… 나한테 하는 소리인가

그래 나는 여전히 술을 좋아하고 제정신일 리가 없다! 친
절한 태도로 거절당한 날에는 혼자 맥주를 마시면서 운다
땅콩을 안주 삼아서 운다 나는 왜 이렇게 벗겨지기 쉬운 껍
질을 가진 걸까 흑흑거리다가 껴안을 게 없어서 버섯 모양
전등을 껴안고 아 뜨거워 욕지거리를 내뱉는다

친구들은 내게 어른스럽게 굴라고 말했다
그러나 어른스러운 어른이라는 말은 사랑스러운 사랑이
라는 말만큼 이상하다

갑자기 사랑은 왜?
갑자기라는 부사 좀 사용하지 마 갑자기 갑자기 하지 좀
마 갑작스러워서 갑자기인 거니까
죄송해요…… 갑자기 자문자답해서 갑작스러우셨죠?

술 마시고 쪼그려앉아 울다가 술 마시고 쪼그려앉아 우는
사람과 눈 마주치면 무안하다 죽은 사람이 죽은 사람과 눈

마주친 것처럼

여기서 팁 하나
장례식에서 하면 안 되는 행동 1위는 부활이라 한다
죽었다가 살아나면 모두가 무안해지니까

다시 죽어!
네! (철퍼덕)

나는 여전히 책상 앞에 앉아 있고 무척이나 제정신이다 책
속의 죽은 사람들에게 조의를 표하지 않는다 허구의 죽음일
뿐이니까 껍질을 벗기고 한 알 두 알 땅콩을 먹는다 여주산
땅콩이라고 여주맛이 나지는 않고 땅콩맛이 난다 그런데 이
전등은 왜 하필 버섯 모양으로 생긴 걸까? 전등답지 않게

생각에 잠길 무렵
전등이 깜빡깜빡하더니 저절로 소등된다
사람 무안하게

일요일 오전의 짜파게티

애인의 집에서 깜빡 잠이 들었을 때, 나는 내가 아는 모든 남자를 사랑했다 꿈속에서 이 남자 저 남자에게 빌었다 부디 나를 가져줘 나는 너의 것이야 모든 남자에게 거절당한 후 잠에서 깨면

10월이었고, 애인의 품속이었다 베란다 너머에서 빗소리가 와르르 쏟아지고 있었다 비는 어떤 것까지 옮길 수 있을까 내 파란 담뱃갑, 투명한 뿔테안경, 외국어가 적힌 티셔츠, 절간 냄새, 팥빙수 모양 핸드폰 고리, 처피 뱅, 빌어먹을 나는 여름 풍경까지 지나서 왔지 화장실에 가고 싶은 것도 참았어 꿈은 끝까지 결말을 보여주지 않더라 참지 않아도 되는 것을 참는 사람의 결말이란 이런 것이겠지 애인은 가끔 슬리퍼가 되었다가 곤충이 되었다가 노트가 되었다가 여자가 되었다가 한다

어제는 슬리퍼가 된 애인과 함께 동네 미용실에 갔다 노인들이 나란히 소파에 앉아 유리문 너머를 바라보고 있었다 예쁘네 비가 얌전히도 내리네 나는 얌전하게 앉아 가운 위로 툭툭 떨어지는 앞머리를 내려다봤다 애인은 발끝에서 달랑거렸다

남자들에게 차였다고 내가 풀죽어 있으면 애인이 속상해할 것이므로 나는 티내지 않는다 그냥 인간들이 참 나빠, 중얼거리는 일요일 오전…… 짜파게티 먹을래? 애인의 물음에 고개를 끄덕이면 애인은 휙, 짜파게티가 되어준다 그렇다면 내가 사랑한 남자들 중 하나가 되어줄 수도 있지 않

― 을까

　그렇게 돼버리는 순간, 우리는 처음 어떤 결말을 맞이하
겠지 새카만 진실 속에서

　애인은 짜파게티를 싫어하고 짧아진 내 앞머리를 좋아한
다 좋음과 싫음을 참지 않는다 나는 안경을 찾아 쓴 뒤 젓
가락으로 면발을 휘젓는다 소리만으로 비가 내리고 있구나
아는 건 참 쉬워 후루룩 삶아진 애인은 부디 나를 가져줘 애
원하는데…… 집어올리려 할 때마다 면발이 툭툭 끊어진다

―

리얼 다큐멘터리

홍대 술집에 갔다가 한 래퍼를 만났다 "오, 당신이군요 티브이에서 본 적 있어요" 나는 래퍼의 이름을 몰랐지만 "오, 당신" 하며 호들갑을 떨었고 래퍼는 약간 처진 눈을 동그랗게 떴다 이윽고 래퍼의 한쪽 눈에서 미끄러지듯 눈물이 떨어져내렸다 "왜 그러시나요, 당신" 나는 걱정스레 물었다 그는 술에 취해 있었고 고개를 가누지 못했다 "오랫동안 기다렸어요, 누구라도 나를 알아봐주기를……" "오, 이 가엾은 사람" 취객들의 왁자지껄 떠드는 소음 사이로 래퍼의 흐느낌이 들려왔다 오직 나에게만 들릴 만큼 작은 소리였다 문득 이 딱한 래퍼에게 세계의 공공연한 비밀 하나를 알려주어야겠다는 생각이 들었다 우리가 공평하게 불운하려면 그래야만 했다 "사람들이 당신을 알아보지 못하는 이유는 간단합니다 홍대에서는 누구나 래퍼처럼 보이기 때문이지요" "맙소사, 정말이군 나는 왜 그걸 몰랐을까!" 이제라도 알았으니 되었다고, 나는 래퍼의 어깨를 두드려주었다 "저를 좀 보시겠어요? 저는 시인입니다 어떤가요? 시인처럼 보이나요?" "시인이라기보다는…… 래퍼같이 보입니다" "그렇다면 당신은 어떻게 해야겠어요?" "시인처럼 보여야겠군요" "말이 통하는군" 나는 그가 시인다워 보일 수 있도록 롤렉스를 빼앗고 발렌시아가를 벗겼다 "으슬으슬하네요" "추위를 잘 견디는 시인이 오래갑니다" "두 번 시인인 척하다가는 시신이 되겠는데요" 그는 원망이 그렁그렁한 눈으로 나를 바라보았다 나는 그의 빈 술잔에 소주를 채워주었다 "눈

치가 빠르네요 시인들은 툭하면 죽거든요 특히 한번 죽을 때 오래 죽는 시인은 뭐, 폼이 끝내주죠 사실 저도 어제 죽었다가 오늘 겨우 깨어났습니다" "그래서 오늘은 시를 썼나요?" "그럼요" "어떤 시를?" "오, 씨발, 사랑해, 너 때문에 미치겠어" 그는 이제 경외에 찬 표정을 지었다 그러고는 못 참겠다는 듯 소주를 병째로 들이켰다 "래퍼처럼 보이고 싶다고 안달하지 말아요 그건 힙합이 아니에요" 내 말에 그는 몸을 잘게 떨더니 소주잔을 바닥에 내던졌다 "나는 당신처럼 멋진 구절, 멋진 가사가 떠오르지 않아! 게다가 외롭지" "저도 마찬가지예요 하지만 오늘부터는 달라질 겁니다" "어떻게?" "우리의 만남을 생각해요" "아, 떠오른다" 그는 정말로 영감이 떠오른 듯이 자리를 박차고 일어났다 취객들은 이미 심취한 듯 고개를 끄덕거리고 있었다 끄덕끄덕…… 나는 그의 입가에 귀를 가까이 댔고 소리를 낮춰 물었다 "어떤 가사가?" "너 힘든 거 나는 다 아는데 너는 왜 내게 기대지 못하는지" "제목은?" "대부업체" 그 순간 술집 스피커에서는 케이팝이 흘러나왔다 일 년째 음원 차트를 점령하고 있는 대형 신인 걸그룹의 노래였다 술집의 모든 사람이 어깨를 들썩거리거나 멜로디를 따라 흥얼거렸다 우리는 침묵을 지켰다 새벽 다섯시, 영업 마감 시간이 가까워져오는데 도무지 날 밝을 기미가 보이지 않았다

스트릿 문학 파이터

세계 최초 시 서바이벌 오디션이 시작됐습니다
지금 바로 투표해주세요

(최종 데뷔 멤버에게는 우승 상금 일억원과 최신형 노트
북이 주어지며 대형 출판사 3사와 출간 계약을 하게 됩니
다)

*

몇몇 습작생은 쉬는 시간마다 정신과에서 처방받은 약을
나눠 먹으며 친해졌다 K와 L은 불안장애를 앓고 있다는 공
통점이 있었다 어느 날 이들이 몰래 소주를 나눠 마시는 모
습이 카메라에 포착되었고 편집 없이 그대로 방송되어 논란
이 일기도 했다 이들과 같은 방을 사용하는 M은 K와 L에
게 불만을 표출하지 못하고 자신의 허벅지를 연필로 찔러가
며 밤새워 시를 썼다

한편 이미 세 권의 시집을 출간한 U가 프로그램에 습작생
신분으로 참여한 것은 방송 시작도 전 소소한 화젯거리였다

*

"자, 이번에는 금지어 미션입니다. 지금부터 제가 말씀드

리는 단어는 시에 사용할 수 없습니다. 세계, 미래, 사랑, 기계, 영원, 천사, 바다, 숲, 여름, 겨울, 비, 눈, 유령, 죽음!"

습작생들은 탄식했다 심하게 좌절한 습작생의 경우 상담 치료를 신청하기도 했다

A는 세계, 미래, 사랑, 기계, 영원, 천사, 바다, 숲, 여름, 겨울, 비, 눈, 유령, 죽음을 모두 사용하여 프로그램을 비판하는 시를 썼고 퇴소라는 장렬한 최후를 맞았다

A를 제외한 대부분의 습작생은 다행히 세계, 미래, 사랑, 기계, 영원, 천사, 바다, 숲, 여름, 겨울, 비, 눈, 유령, 죽음을 대체할 단어를 찾았으나 I는 마지막까지 사랑을 잃지 못했다

*

3화가 방영된 직후 디시인사이드 문학 갤러리에는 다음과 같은 제목의 게시 글들이 올라왔다

〔스문파 보는 게이들 누가 제일 ㅅㅌㅊ임?〕
〔문학 한다는 새끼들이 그저 상금 보고 나옴 ㅁㅌㅊ?〕
〔스문파 나온 사람 중에 L이 제일 예쁜 듯 반박시 니말

이맞음〕

　〔어차피 우승은 O다 병신들아〕

*

　심사위원 O는 W의 시를 읽고 눈물을 흘렸다

　"드릴 말씀이 없습니다."

　두 사람이 사제지간인 것은 공공연한 사실이었다 항간에
는 W가 이미 제작진의 선택을 받았다는 말도 떠돌았으나
깊은 속사정까지 대중은 알지 못했다 처참한 시청률과 대
중의 무관심이 외려 이들을 보호해주었다 이를 불합리하다
고 느끼는 사람은 디시인사이드 문학 갤러리 이용자들이 전
부였다

*

　디스전 배틀은 높은 등급의 습작생들이 팀을 꾸려 팀전
으로 진행했다 〈스트릿 문학 파이터〉 제작진은 원래 〈쇼 미
더 포엠〉을 론칭하기를 희망했으므로 디스전에 거는 기대가
컸다 컨트롤 비트 디스전과 같은 대형 콘텐츠까지는 바라
지 않았지만 습작생 S의 눈물의 호소 인터뷰는 걸작이었다

065

"시는 누군가를 공격하기 위한 수단이 아니에요. 경쟁과 어울리지도 않고요. 애초에 저는 여기에 나오면 안 됐어요."

바로 다음 컷으로 제작진은 M의 비웃는 듯한 얼굴을 집어넣었고 이어서 짤막하게 편집된 M의 인터뷰가 송출되었다

"그러니까 도태되는 거예요. 이 판도 시류에 맞게 변하는 것뿐이잖아요?"

S의 자진 퇴소 이후 습작생들의 디스전은 크게 두 방향으로 나뉘었다 상대 팀원들의 시적 약점을 이용한 시를 쓰거나 프로그램을 디스하는 시를 쓰거나

가령 이런 식이었다

제목: 프로그램 걱정*

상금 일억원을 이고
문단에 간 우리 제작진
안 오시네, 습작은 끝난 지 오래
나는 제작진의 이름을 지어다가
며칠은 먹었네**

아무리 천천히 시를 써도
제작진 안 오시네, 누더기 같은 발소리 자본자본
안 들리네, 어둡고 무서워
금간 자막 사이로 고요히 C등급
습작실에 혼자 엎드려 훌쩍거리던

아주 먼 미래
지금도 내 눈시울을 뜨겁게 하는
그 시절, 스문파의 시청률

치열했던 디스전 끝에 탈락자가 대거 발생했다 특히 습작
생들의 시인이라고 불리며 유망주로 주목받았던 L의 탈락
에 몇몇은 오열했다 L과 디스전을 펼친 상대 팀원 C가 L의
가정사를 들먹이며 상처를 후벼팠고 L은 고개를 숙였다 그
날 L은 한 줄도 쓰지 못했다

L의 탈락을 결정한 한 심사위원은 이렇게 말했다

"초연하지 못한 애티튜드가 아쉬웠다."

*

　L이 짐 싸는 것을 묵묵히 도와주던 K도 끝내 울음을 터뜨렸다 W의 품에 안긴 채

　"아, 이건 진짜 아닌 것 같아요……"
　"카메라 좀 꺼주시면 안 돼요? 이럴 때마다 저 그냥 집에 가고 싶어요."

*

　[시 쓰라고]
　[누가 칼 들고 협박함?]

*

　생방송과 투표를 동시에 진행한 회차부터는 최악의 시청률을 기록했다 추억의 백일장과 다름없는 진풍경이 무려 한 시간 반 동안 이어졌다 장내가 고요했고 심사위원과 습작생 모두 알 수 없는 무력감에 젖어 있었다

　F는 바랐다 모니터를 바라보는 습작생들의 뒤통수 위로 "본 방송은 방송통신심의위원회의 제재 조치로 조기 종영

됨을 알립니다" 자막이 지나가기를

  U는 몰랐다 〈스트릿 문학 파이터〉가 방영되는 와중에도
자신의 시집이 중쇄를 찍지 못할 줄은

  C는 자신이 텅 비었음을 느꼈다

  K는 슬펐지만 씩씩하려 애썼다

  제작진은 더이상 드릴 말씀이 없었다

                          *

  미미한 투표율에도 극적으로 K가 최종 우승자로 뽑혔다
K는 많은 축하를 받았다 여러 방송에 출연하기도 했으며
각종 문예지에 시를 발표했다 K의 시는 재치 있는 발상과
첨예한 감각이 돋보인다는 평을 받았다 우승 상금 일억원
은 큰 액수였으나 감당하기 어려운 액수는 아니었고 인생
을 뒤바꿔줄 액수도 못 되었다 세금을 제하면 더욱 그랬다
K의 블로그 방문자 수가 늘었다는 것을 제외하면 아무것도

  아무것도 달라진 게 없었다

그러나 이제 곧 K의 시집이 출간된다고 한다 곧

출간된다고만 한다

* 기형도의 「엄마 걱정」을 패러디했다.
** 박준의 「당신의 이름을 지어다가 며칠은 먹었다」를 패러디했다.

살아남아라! 개복치*
─몰라 몰라 내가 죽은 진짜 이유를

개복치의 학명을 아십니까
그건 몰라
정답! 개복치의 학명은 Mola mola입니다

하지만 이 시는 외국인이 이해하기 어렵겠지요
외국인은 몰라를 모를 테니까

사실은 나에게도 학명이 있었으면 좋겠습니다
호모사피엔스사피엔스 말고요
학명은 세계 공통의 명칭이라는데 나는
연구되지 않으면서 전 세계 사람들이 나를 알았으면 해요

모르긴 몰라도 가끔 그런 생각을 합니다
학술 연구 대상인 동식물들은
자신이 연구되고 있다는 사실이 난감하거나
부끄럽지 않을까⋯⋯

개복치는 자랄수록 모습이 기괴해진다는데
기괴함의 반대말은 무엇인가요
평범함인가요

사실은 나에게도 비범했던 적이 있습니다
사람들이 호기심어린 표정으로 바라볼 때마다

─　　퍽 난감하고 부끄러워
　　　비범하기를 곧 관뒀지만요

　　　나는 비범하지 않으면서 눈에 띄기를 바랍니다
　　　돌연사를 해서라도 말이지요

　　　교수님이 무서워서 돌연사!
　　　인생이 너무 심심해서 돌연사!
　　　애인이 생기지 않아서 돌연사!

　　　내 싱싱한 죽음의 이력들
　　　나는 죽으면 죽을수록 유명해질 거예요

　　　그런데 유명이라는 단어는 왜 있을 유와 이름 명으로 이
　　루어진 걸까요
　　　아이고…… 유명이라는 단어를 사용하는 바람에
　　　이 시는 외국인이 이해하기 한층 더 어려워졌습니다

　　　모르긴 몰라도 학명이 생기려면
　　　전 세계 사람들이 나를 알아야 할 텐데 말이지요

　　　* 일본의 SELECT BUTTON Inc.와 ILCA가 공동 제작한 모바
　　일 게임.

사이버 시옷시옷

우리는 각자의 우주선에서 눈을 뜬다

"네가 더 외로워졌으면 좋겠어" 화면 위로 새 메시지가
도착하면

표류하는 사랑을 수집해야지
아니면 끝말잇기를 멈출 단어 같은 것

새벽녘 델피늄 제라늄
기쁨 그릇 슬픔 무늬

모든 걸 네게 주고 싶어서
히읗 키읔 디귿 웃지

내 우주선에는 카뮈가 살아
이방인의 닉네임을 달고서

같이 밥을 먹고 넷플릭스를 보고 같은 음악을 들으며 맥
주를 나눠 마시지 세계의 취향에서 배제된 이후 취향의 세
계를 발명했습니다 견고한

채팅창 위로 꽃잎이 캄캄하게 쏟아진다 빛이었다가 눈이
었다가 비었다가 메탄가스였다가 리듬은 원래 흐르는 것이

─ 니까
　　쪼개지는 픽셀의 움직임을 이해할 수 있다

　　카뮈가 책 속에서 컵을 꺼내면
　　나는 모니터 속에서 얼음을 부순다

　　각자의 취향에 사이좋게 감염되는 일

　　바이러스를 숨겨두기에
　　문자 한 통은 너무 많고 문자 천 통은 너무 부족해*

　　우주는 부족한데 네가 너무 많아서

　　"내 입속에는 제라늄이 움트고 있어 남아도는 암흑을 비
료 삼아 가까스로 우주가 되어가면서"

　　나는 예쁜 폰트를 골라 스마일 이모지와 함께 전송한다 너
의 텅 빈 말풍선은 유령처럼 최후의 언어일 것이라는 생각

　　그러나 최후 같은 단어는 알약처럼 삼키기로 했지

　　작은 캡슐 하나가 무수한 알갱이를 가두는 것
　　캡슐을 흔들어보지 않고도 무언가 들어 있다고 믿는 것

나는 나를 한 톨도 세어보지 못했는데
바깥이 수북해질수록
우리의 미래는 비좁아져간다

* 멀리사 브로더의 『오늘 너무 슬픔』(아밀 옮김, 플레이타임, 2018)
에 실린 에세이 제목.

내가 심장 속에서 울타리를 꺼냈잖아

메구미와 하이볼을 마신다
머리 위로 신선한 눈이 내린다
이 온실은 이상해 추위가 끓어넘친다
신기루 같은 가스가 흐르고 있다

빛나는 욕조를 가지고 싶어
그 욕조에서는 푸른 화초가 높게 자라고
은색 물뿌리개는 이야기를 쏟아낼 거야

메구미가 웃으면 기분이 풍만해진다
비누 거품처럼
삐걱거리지 않는 망상을 원해

메구미는 내 손을 잡는다
손등 위로 핏줄이 도드라진다
어디선가 레몬 냄새가 난다

너의 영혼 냄새인가? 메구미,
아름다운
어디서 왔는지 모를

눈송이가 아무데나 앉는다
앉자마자 녹는다

빈 나뭇가지를 하나하나 부러뜨리면
소리가 다 다른 것을 알 수 있다

뭔가 할말이 있나봐
혀끝을 맴도는 시큼하게 쓴 맛

톡 쏘는 꿈을 꾸고 싶었을 뿐인데
나는 왜 이런 곳에서
메구미의 타들어가는 피부를 보고 있는 걸까
손등 위로 돋은 핏줄이 나를 괴롭게 한다

언젠가
피크닉을 갔다가 죽어서 돌아온
사람에 관한 이야기를 들은 적이 있지

불타는 욕조 속에서
화초는 사라지는 중이다

적극적으로
극적으로

세계가 달궈지며 소독되고 있다

이지러지는 눈발 사이로
메구미, 너는 건배를 외쳤어

진심이었니?
그 모든 거짓된 풍경들

메구미와 하이볼을 마시는 동안
사계절이 흘렀다

긴 주말

차가운 우유에도 녹는 비스킷을 바라봤다
컵의 안쪽에서 서서히 무너져가는

내게는 긴 팔이 필요했다
일과 일상을 잃어버리지 않고
사람을 사랑해야지

건강 회복 복원 염원
이런 단어들을 입속의 염주처럼 굴리면서

거울 뒷면을 상상했다
허술한 얼굴이 거기에 있었다

어디서부터 어디까지 극복해야 할까

나는 텅 빈 마음을 벌목하고 싶다
우람한 목수처럼 톱을 들고
자를 만한 건 비스킷 하나

화병에는 흰 어둠이 출렁였다 부드러운
티슈 한 장 뽑아서 바닥도 닦고 거울도 닦았다
정성껏 흘린 나를 훔쳤다

눈만 감으면 언덕이 밀려드는구나
바람에 흔들리는 차밭
스리랑카의 풍경에 갇힌
긴 주말이었어

아마도 일 년쯤
주정뱅이로부터 걸려와 쌓인 부재중 전화처럼
나는 내가 빼곡하다

뭉툭한 톱날 같은
이를 잔뜩 드러내고 웃는다

그림자는 바닥을 극복할 필요가 없으니까
사랑할 필요는 더더욱

긴 팔은 녹다 만 비스킷을 건질 때나 유용하다 그것은
차가운 우유에 대한 사랑은 아니며
국내 차밭의 복원에 대한 염원이라고 할 수 있다

컵이란 컵은 모조리 깨뜨리는 일
그것이 이 주말 일상의 가장 평범한 일면이다

건강에 좋은 시

엄마는 늘 무언가의 효능을 궁금해한다
블루베리 효능
토마토 효능
치자 효능

나는 다정의 효능이나
시의 효능에 대해 골몰한다

감동 그리고 따뜻한 시선과 관심……
받겠냐?

내 시에 비타민이나
식이섬유가 함유돼 있지는 않아

그래 한국인한테는 밥이 보약
밥 잘 먹고
시 쓰든 말든 오래 살아

근데 봤지 엄마
쟤가 나 보고 웃었어

엄마가 블루베리를 먹는 이유는
블루베리가 눈에 좋기 때문이라는데

— 뻥이고 엄마는 그냥 블루베리를 좋아한다

3부

진짜로 끝나버렸어 여름!

우주 달팽이 정거장

나는 나를 엿듣기 위해 벽에 바짝 붙는다
너의 영혼은 너의 바깥에서 자주 노숙하고
이따금 비바람이 우리를 아무데나 수놓는다

우리가 궁금한 건 더 재미있게 놀 방법이었는데
사람들은 우리에게 살 걱정 죽을 걱정을 하라고 한다
별걱정을
다

나는 이미 내 몸을 무덤으로 만들어두었다 너는 네 몸을
영화관이나 전시회장 취급하는구나 시간이 남을 때 들르
기 좋은

집에서도 공간이 필요했다
호흡법 또는 영법을 익힐 공간이
필요해서 우리는 해변을 기르기로 했지

서로를 구분하며 뒤섞이는 석양과 수평선이 아름다워 울
다가 웃었다 해변은 입구와 출구가 따로 없고 하루를 시작
하거나 멈출 줄 모른다

벽에다 씨앗을 심어볼까
궁금증이 자라는 모양을 보고 싶어

영화를 보고 산책을 하고 전시를 보고 음악을 들어도
돌아서면 기억나지 않는다 네가
자꾸만 나를 깜빡한다

우리는 왜 충분해지지 않는 걸까
씨앗은 홀로 이사간 뒤
감감무소식이었다

너는 소풍을 떠났다가 영영 돌아오지 않는 사람들도 있다
고 했다 빈집은 저녁이 오기도 전에 어둠에 잠기고

젖은 나방이 유리창에 달라붙는다
우리의 집이 날개거나 등껍질이거나
혹은 우리이거나

나는 영혼과 습기가 더이상 구분되지 않는다 그것이 영
격정되지 않는다

바깥을 나서면 비바람이
시원하게 이마를 훑고 지나간다

어느 날 네가 집에 들어갔다가 다시는 나오지 않을지라도

나는 너와 함께 만든 해변을 접었다 펼친다 아코디언처럼
소리를 낼 수 있다는 믿음으로
상상력으로

관심을 끌고 싶어

맞아 죽은 영혼들이 떠다니는
우주를 등껍질 하나가 가로지른다

여름 감기

상추를 씻다가도 나는 얇아진다
물기를 탈탈 털고 나면 뜯어먹힌 얼굴을 하고 있다

이런 얼굴이 많은 캄캄한 거리에서
너는 홀로 불 켜진 상점처럼 서 있었다
겉보기에는 비닐하우스 같기도
온실 같기도 했다

너의 문을 열고 들어갔을 때
거리로 펑펑 쏟아지던 눈이 허공에서 멈추었다

"건드리지도 않았는데 티브이가 고장난 것 같아 화면은
안 켜지고 소리만 난다니까……" 너는 혼잣말을 중얼거리
며 티브이를 살폈다 문을 등지고 선 채 쭈뼛대던 내가 용기
내 꺼낸 말은 고작 "건드리지도 않았는데 어떻게 고장이 납
니까" 그 말에 너는 의아하게 나를 돌아보았다 "우리도 가
끔 그러잖아" 네가 어깨를 으쓱이자 무언가 바스락거리는
소리가 났다 비닐이 펴지는 소리인지 내가 구겨지는 소리인
지 다른 세계의 기척인지 알 수 없었다

　우리는 텃밭에 씨앗 대신 수첩을 찢어 만든 쪽지를 심었다
어떤 쪽지에는 재미있다고 적었고 어떤 쪽지에는 슬프다
고 적었다 물론 아무것도 적지 않은 쪽지도 있었다

"눈 쌓인 자작나무숲에서
나는 나무랑 불이랑 놀고 싶었어"

"새롭게 사랑할 친구가 생겼으면 좋겠다
아니다
친구들과 더 친구가 되는 게 좋겠어"

그런 말들이 눈송이처럼 기척 없이 심장에 내려앉았다

우리는 푹 꺼진 소파에 앉아 쉬었다
소파 밑으로 낮은 바람이 불었다

그리고 나는 사과밭이 되어가는 생각…… 네가 사과 향기
나는 비누 심으러 왔으면

그런데 말이야
제일 잘하는 게 뭐야? 물을 때
일상이라고 대답하는 네가 좋았다

나의 무능이 너를 만들어냈다고 해도

언젠가 필요할지도 몰라

송송 썰어 냉동실에 넣어둔 파처럼
영원히 얼어갈 나를 모두가 잊는다고 해도

이봐
오늘 나는 상추를 씻었어 겉절이를 만들려고
그런데 이거 비닐하우스에서 자랐을까?

창밖을 내려다보면 여름의 한가운데인데
제설차가 멈춰 서 있다

그것이 이상하지가 않다

수정과 세리

나는 수정과 세리를 대학교에서 만났다 우리는 자주 우리
였고 서로의 뿔을 아꼈다

깨지기 직전의 유리컵 같은 무구함
이미 젖은 휴지로 물이 흥건한 테이블을 닦았다
테이블은 언제나 다리 하나가 모자랐다

우리는 그곳에 둘러앉아 커피를 마셨고 책을 읽었고 글을
썼고 잡담을 나눴고 이내 늙어버렸다 뿔이 닳아버렸다 서
로를 해독하느라

소음이 가득했던 날들
아무도 망가뜨리지 않았는데 저절로 망가지던 스물

수정아
세리야

견딜 만한 불행 앞에서 우리는 참 기계적으로 슬펐어
주머니는 있는데 외투가 없었어
깨지기 직전의 유리컵을 미리 깨뜨려두었어

수정은 의연했고
세리는 아연했다

애들아 문예창작과는 더 슬픈 사람이 이기는 게임이 아니
야 게임을 더 재미있어하는 사람이 이기는 게임이야 계속
지고도 다음 판으로 넘어가는 사람이 이기는 거야

　수정과 세리는 다 알고도 번번이 져주었다 번번이
　내가 이기고 싶어해서

　그런데 이긴다는 게 뭔지 생각하다가
　생각하다가
　교정에 불던 봄바람
　그건 정말 뭐였지? 이마를 긁적이며
　오래 질문하였다

　물기를 빨아들이고 무거워진 휴지를
　벽에 던지면 철퍽 하고 우스운 소리가 났다

　애들아 우리는 우스운 소문이 되자
　그런 건 해독하지 않아도 돼

　수정은 고요하게 깨질 줄 알고
　세리는 기계적인 웃음을 모른다

교정에 핀 개나리가 한낮의 별처럼 희미하게 흔들릴 때 우
리는 참 시끄러웠다 닫힌 문을 모조리 열고 다녔다

　이제 깨지기 직전의 유리컵 같은 예민함은 없지만
　시간의 긴 뿔을 부러뜨려 잠긴 문을 여는 능숙함이 남았
지 도둑처럼
　문 안팎의 소문을 훔쳐다가 다시 뿔을 벼리는

　우리는 학교 바깥에서 만났다 헌옷 수거함 같은 표정으로
만나 빈 주머니의 소음을 공모했다

　모두가 져버려서 아무도 지지 않는 게임을 도모했다

　깔깔 웃는 것으로 끝나는
　시작되는

　수정아
　세리야

　가느다란 가지에 주렁주렁 맺힌
　한밤의 개나리를 유심히 들여다보았다

메론 껍질에 남은 향기와 과육을 갉아먹는 벌레들

아름다운 테라스라면 가령 이런 것들이 있다

커피와 잡담
영수증에 휘갈겨쓴 전화번호
흰 빨래가 햇빛에 소독되는 시간

아내와 나는 테라스에서 다리를 꼬고 앉은 채로 파리 시
내를 내려다본다 이젤을 세워놓고 그림 그리는 여자와 자
전거 벨을 울리며 달리는 소년들 바게트를 뜯어 새에게 나
눠주는 노인
　이 풍경은 그림 그리는 여자의 손과 무관하다

불이 붙으면 어떤 식물이 가장 오랫동안 자세를 유지할까
유칼립투스 레몬그라스 올리브나무
이런 발음은 불씨가 붙어도 끝없이 천장을 향해갈 것 같고

머리카락도 매일 조금씩 자라는데
잘 자란다거나 잘 산다는 것은 어렵다

아내와 내가 기르는 화분 속에는 식물이 없고 생각이 있다
가끔 나비가 날아왔다가 눈 깜짝할 사이에 사라진다

우리의 테라스는 카파도키아 상공을 떠다니는 열기구 같아

움직이지도 멈추지도 않는 열기구 안에서 먹고 마시고 춤
춘다 산책한다 사색한다 어디론가 전화해 안부를 묻고 소
식도 전한다

잘 지내지? 햇빛이 참
좋네
후식으로 먹을 메론을 자르고 있어 껍질이 단단하다

커피와 잡념
청구서에 적힌 지난날의 일기들
햇빛에 마르다가 서서히 희미해져가는

우리는 잠들지 않고 감기에 걸리지 않는다 그것이 파리의
생활과 어울린다고 생각하지만
나는 생활과 우리가 어울리지 않는다고도 생각한다

후숙이 덜 된 메론처럼 맛없는 건 없지
맞아 맞아
그런 말을 주고받으면서

우리가 서로에게 아내가 되어줄 수 없다는 걸 알고 있다
이곳이 프랑스나 튀르키예가 아니라는 사실과는 무관한 일

이건 못 먹겠네

먹다 만 메론을 접시에 내버려두고서
누가 먼저랄 것 없이 자리를 뜬다

밖에서 담배 연기가 피어오른다

부루마불

우리는 잘 살아볼 수도 있을 거야
네가 말하자 정말 그럴 것 같은 예감이 들었다

머리맡에 캔들을 켜두는 습관과
창문을 꼭 한 뼘 열고 자는 습관 사이에
이부자리를 폈다

매일 문을 열고 닫거나
불을 켰다 끄기를 반복했지만
시침이 한 방향으로만 움직인다는 건 이상했다

때때로 우리의 대화가 주사위 눈을 확인하는 일 같다는
생각

냉장고 속에서는 사과가 쪼그라들고 우유를 엎지르면 비
릿한 냄새가 풍겼다 이 모든 게 세계의 규칙이라면

도착하지 않기 위해 끝없이 걷는 사람이 있을까 나는 아무
데도 가지 않으면서 나에게서 멀어지고 싶었는데

우리의 목표가 같아서 게임이 시작됐다

사랑하자

파산해버릴 때까지

너와 나란히 누워 있으면 방안은 우주정거장 같고
이따금 길거나 짧은 여행
카드 또는 열쇠

우리가 열쇠를 나눠 가진 게 아니라
열쇠가 우리를 나눠 가졌다는 생각이 점차 분명해지겠지만

끈질기게 서로를 왕복했잖아
같은 출발점에서 같은 방향으로 나아가면서도

우리는 서로의 세계에 머물 때마다 각자 지닌 것들을 조
금씩 잃어버렸다
아무것도 잃지 않으려면 한 지붕 아래에서도 무인도를 찾
아야 했다

반딧불이와 금붕어

너의 졸업 전시회에 갔던 일
방명록에 뭐라고 적었더라
우리는 왜 키링 같은 시시한 선물이나
주고받았을까

5월, 너의 생일이 여름처럼 다가오고
나는 식물의 시든 줄기를 바라본다

이렇게 많은 사진을 찍을 필요는 없었을 텐데
환한 햇빛 아래 내가 출력되고 있다

가시덤불은 햇빛을 좋아한대
햇빛을 받기 위해 나무를 타고 올라가다가
햇빛을 받고 커진 나무가 만든 그늘 속에서 죽는다고 한다
이건 우리가 섬의 숲에서 들은 이야기

나는 구석구석 아파도 곧잘 걸어
사람들은 사람들을 잘 비켜준다
위협이 되지 않기 위해 위협
받지 않기 위해
우리는 어떤 마음을 무릅써야 했을까

오른쪽으로만 자라는 나무와

왼쪽으로만 자라는 나무
칡과 등나무 밀랍 양초 기름 냄새

잠든 너는 아무도 살지 않는 섬 같았는데
지난여름 숲의 반딧불이가 아직
네 머리카락에 달라붙어 있을 것 같다

내가 아무도 잠들지 않는 섬이었을 때
너는 내 곁에 금붕어 한 마리 풀어놓고 갔지
축하할 일 없는 5월은 구멍난 달이야

거리를 걷다보면 상점마다 점점 길어지는 차양들
내게 그늘을 입히고 한번 서보라고 한다
가시덤불이 아닌 것을 증명해보라고 한다

네게 쓴 모든 편지를 불태우고 싶다

물에 섞여가는 피처럼
금붕어가 지느러미를 흔든다 살랑살랑
나를 흘러서 나는 타오르는 것 같다

너는 칼날 같은 빛으로 나를 잘랐다
밤이 되면 열기가 식은 자리에 물이 고였다

젖은 편지지에만
적을 수 있는 마음이 있었다

메론소다와 나폴리탄

음식이 나오기 전
연분홍색 다이얼 전화기를 빤히 쳐다봤어
나는 가끔 인테리어 소품이 되는 상상을 해
조용하고 신비한

가을날
성실이라는 단어를 상실이라고 읽었다
왜 우리는 시간을 잃어버리는 데에만 성실한 걸까

너는 도쿄의 미술대학을 졸업한 뒤
한국의 킷사텐에서 아르바이트를 하고 있다

케첩 묻은 앞치마를 두른
네 정체가 실은 스파이였으면 좋겠어
메론소다에 이상한 가루약을 넣었으면

아이스크림에서 우연히 쓴맛이 느껴지고
이 계절이 수상하게 지나가고 있다는 생각

그런데 지금 나오는 노래 말이야
대만 노래지? 이 노래 부른 가수
지금은 죽었지?

음악이 배경이 될 수 있다면
생각도 배경이 될 수 있지 않을까

생각 속에서
생각을 스파게티처럼 포크로 돌돌 감는다

그리고 우리는 스파이답게 몰래 눈빛을 주고받지
짜이쩌엔…… 워시환니

우리가 지금은 살아 있어서
우리가 태어나기도 전 죽은 사람 노래를
다 듣네

생각은 불어서
포크 끝에서 툭툭 끊어진다

이렇게라도 살아 있으면
언젠가 다시 가볼 수 있을까
신주쿠 시먼딩 킷사텐……

아이스크림이 천천히 가라앉는
메론소다의 기분

나는 통조림 체리가 싫어
그거 장식용이야

네가 말하자 다이얼 전화기가 울렸다
아주 요란하게

파르코백화점이 보이는 시부야 카페에서

파르페를 먹으면서
파르페를 먹는 두 노인을 바라봤어
데이트중인 걸까? 희끗희끗한 머리칼이
부러웠어

왜 너의 이름은 료타나 료스케가 아닐까
유리창 밖으로
시간이 달콤하게 낭비되는 거리

그런데 시간은
정말 약이 될 수 있나

스크램블 교차로
어깨와 어깨가 스치네 어깨가
어깨를 자를 수도 있을 것 같아

너는 잘린 사람처럼 어리둥절한 얼굴로 내게 묻지
이런 곳에서 정말 살고 싶냐고
그런데 이런 곳이라는 게 시부야인지 롯폰기인지 무겁고
흐린 구름 아래인지 도저히 모르겠네

층층이 쌓인 빵과 크림과 딸기
파르페는 어떻게 무너지지 않는 거야?

계속해서
쌓이고 쌓이는 질문과 나날과 날씨와 생각과 몰이해

아 지긋해 아 영원해
모두가 귀엽고 비정해

왜 내 이름은 미유나 미즈키가 아닌 걸까 어디서든
간절하게 살고 싶진 않지만
소파가 푹신푹신해서 너와 몸을 포개고 싶다
약 맛도 모르면서 시간을 허비하고 싶다

료타나 료스케가 아닌 네가 나를 어떻게 무너뜨리겠니
그냥 뭉개버려줘

비싸지만 못 사 먹을 정도는 아니고
사치스럽지만 우리 그렇게 낭만 없지 않다

시부야는 파르페에 얼굴을 처박고 우는 상상을 하기에 좋아
내가 말하자 너는 한쪽 눈만 슴벅거렸다

사랑의 달인

"어떤 사람이 너무 미우면
그 사람의 귀여운 점을 찾으려 해요.
그 사람을 사랑해버리려고요."
—이옥섭

장수양의 시 「사랑하지 않으면 사랑이 된다」를 읽었다 이
시를 읽었기에 영화감독 이옥섭의 말이 떠오른 건 자명한
사실이다 시를 읽을 때 나는 일본 가수 아이묭의 노래를 듣
고 있었고

노래를 듣다가 "사요나라"라는 말이 너무 자주 나온다고
생각했다 내가 아는 일본어가 그뿐이던가 먼 나라 이웃 나
라라는데 어딘가 꼭 그렇게 느껴지는 사람도 있다

몇 년 전 작은외숙모가 만들어준 츄러스가 먹고 싶다 아
마 다시는 먹을 수 없겠지

일본에는 너무 많은 "안녕"이 있다 그건 때를 잘 구별해
야 한다는 뜻

나는 요즘 프랑스 과자도 팔고 미국 젤리도 판다 세계과자
할인마트에서 여러 국적의 맛과 향기를 담아……

손님은 미운 구석도 귀여운 구석도 없어야 손님이다 나는 가끔 목욕탕 손님이고 그곳에서는 여러 사람이 사용한 수건들이 하나의 빨래통 안에서 뒤섞이는 광경을 볼 수 있다 그러한 광경은 내가 가진 여러 기분이 한통속이라는 것을 떠올리게 한다

대관절
지렁이젤리라는 건 전 세계에서 생산되는 건가?
그래서 이제는 지구젤리

먹어보지 않아도 아는 맛
느껴보지 않아도 아는 기분

편지할 사람도 없는데 여행지에선 꼭 엽서를 산다
그러다 데면데면한 사람을 만나기라도 하면 어쩔 수 없이 "안녕" 하게 되는데 한국어로 말하는 "안녕"은 "안녕"과 구별되지 않는다는 점에서 더 잘 구별해야 한다는 것이……
목욕탕 수건을 떠올리게 한다

"안녕"을 잘하는 사람이야말로 사랑의 달인이겠지

그런데 어떤 사람을 너무 사랑하게 돼버리면 그것은 축하할 일인가

— 아이몽은 귀엽고 놀이공원에서 파는 츄러스는 맛있다

실은 미워함의 달인이야말로 가장 열심히 사랑하는 사람
이라고 생각한다

밸런타인데이에 뱀파이어에게 초콜릿을 받은 건에 관하여

그것은 평범한 초콜릿이었다
포장을 뜯어 입에 넣으면 단맛이 났고
"내 사랑을 담았어"메시지가 느껴졌다

최는 아흔아홉 살 먹은 뱀파이어다 창백한 피부와 서늘한 체온을 가졌다 최에게는 사람의 피부에 박아넣을 뾰족한 송곳니가 있다 송곳니를 드러내며 웃는 얼굴은 아름답다

최와 내가 공유할 수 있는 것은 많지 않다
이건 뭐
피를 나눌 수도 없고
지옥과 천국을 나눌 수도
없다

그보다
뱀파이어가 밸런타인데이를 기념일이랍시고
챙기고 있네

네 피를 마시면 나도 너처럼…… 아름다워질 수 있을까
이런 질문은 초조하고 고전적이다
최가 키우는 고양이는 행복하다 미래를 고민하지 않고 동면에 들지 않고 지옥과 천국을 구분하지 않는다

게다가 천사의 초콜릿이라는 말보다
악마의 초콜릿이라는 말이 홍보 효과가 좋다

세상은 빌런을 왜 이렇게 사랑한담!

최와 나는 공유할 수 있는 것이 조금 있다
지속적인 악몽과
죽어본 경험과
햇빛 포비아……
고양이

최와 나는 연인이지만 이별을 앞두고 있다 그것은 최가 밸
런타인데이에 내게 초콜릿을 선물했기 때문이다
최는 사실 한국에 잠시 체류중인 관광객이다 덕분에 나는
뱀파이어를 관광했다 뱀파이어의 사랑을 관광했다

인간적인 관점에서 초콜릿은 악몽의 출구라고 할 수 있
다 최의
송곳니는 이번 생의 출구라고 할 수 있다

최가 내게 구원을 부탁했다
나는 이빨로 최의 목덜미를 물어뜯었다 어때 어때 흡혈
귀 같지

너 나를 그렇게 생각하고 있었니……

우리는 어정쩡한
미물로서
서로에게 두려움을 느꼈다 피도 눈물도 없이

이것만 나눠 먹고 헤어지자
"내 죽음을 담았어" 맛이 나네

최와 나는 이제 거의 사람에 가깝다는 공통점을 지닌다

별사탕과 연금술사

불과 어둠으로 집을 지어
바람이 그리는 유리창의 파문을 읽는다
구르는 돌에서 마음을 꺼낸다

상상한 모습과 다를 겁니다
잘 익은 알밤을 쪼개면
알맹이가 상해 있기도 하듯이

열매의 안쪽에서 꿈틀대는 벌레가
사랑의 형상에 가깝다고 생각합니다

한 번도
저주받았다고 생각한 적 없어요

나는 설레고 싶을 뿐이에요
태어나는 모든 것에 대해

온몸에 멍이 든 숲이 흔들리고
은빛 구두가 스스로 걷는다
착하지 않아도 돼

벌레가 낳은
벌레보다 커다란 알이 굴러간다

원하는 곳으로

나는 아무것도 발명하지 않기로 한
게으른 연금술사

나의 선량한 이웃들은 가끔
집 앞에 노란 침을 뱉고 가지만
지나가던 개가 앞발로 흙을 덮어준다

그러한 광경을 한 솥 가득 쓸어 담고
묘목을 심는다

묘목이 자라면
사랑이 주렁주렁 맺힐 거예요
우주를 마시고 단단해질 겁니다

그것이 열리기를 기다리는 동안
당신은 마음에서 돌을 꺼내 내게 주세요
나는 그것을 깨뜨려 별사탕으로 만들 줄 압니다

옥수수 알갱이처럼 가벼운

1

린과 진은 시골의 한 허름한 노래방에서 만났다. 어둡고 화려한 벽지와 쿰쿰한 냄새 속에서 싸구려 안주에 물 탄 소주를 나눠 먹었다. 린은 엄마의 고향을 찾은 김에 들른 것이었고, 진은 도시에서 쫓기다 이곳까지 흘러들어온 것이었다.

린이 토마토 슬라이스를 이쑤시개로 쿡 찌를 때, 진은 How are you? I'm fucking thank you를 열창했다. 세상에 없는 노래지만 누구보다 간절하게, 거의 흐느끼며 노래를 불렀다.

"나는 빌어먹을 사랑 때문에 빚쟁이가 되었어."

금발머리를 한 노래방 주인은 무뚝뚝한 표정으로 테이블 위에 물과 소주를 내려놓고 방을 나갔다.

"원래 사랑은 다 빚이야."

린의 중얼거림에 진은 몸서리치며 술잔을 꺾었다. 흰 접시와 토마토에 묻은 설탕이 투명하게 녹고 있었다. "사랑이 빚이라면 그녀가 내게 갚았어야 해." 진은 눈물을 훔치고 다음 노래를 예약했다. 첨밀밀의 주제곡이었다.

노래방 기계는 능숙하게 시간을 흘려보냈다. 린과 진이 가게문을 열고 나서기 직전, 금발머리 주인은 노래방에서 눈물은 안 된다고 주의를 주었다.

시골길의 십대들은 닳고 망가진 보드를 겁 없이 타고 놀

앉다. 서로에게 가운뎃손가락을 높이 들어 보이며 웃어젖혔
다. 엄마는 이런 곳에서 대체 뭘 하고 놀았을까? 린이 생각
에 잠길 때, 여름 오후였고 뜨거워진 햇살이 논과 밭의 작물
들을 무럭무럭 길러냈다.

"내가 대신 갚아줄까?"

시골에서는 아무데서나 아지랑이가 피어올랐다. 청승맞
은 멜로디처럼.

"도시에서 누가 날 찾아오거든 나는 잘 지낸다고 전해."

벌꿀처럼 노란 햇빛에 린은 잠시 몽롱해지는 것을 느끼며
고개를 끄덕였다.

린이 눈을 감았다 뜨는 짧은 사이 진은 린에게 키스하고
싶다고 생각했지만…… 볕은 볶은 듯이 뜨겁고 녹슨 목덜
미로 땀이 방울방울 흘러내렸다.

린의 엄마가 죽은 그해 시골에서는 옥수수가 풍년이었다.

진은 동네 어귀 슈퍼를 제집처럼 드나들더니 아예 거기서
살기 시작했다. 쪽문 뒤에 딸린 방에서 먹고 자며 사탕도 팔
고 소주도 팔았다. 수십 년째 가게를 꾸려온 할머니는 반나
절을 잠만 잤다. 깨어 있을 때도 꿈꾸는 듯한 목소리로 애
야, 날이 춥구나, 러닝셔츠 차림의 진을 향해 말했다. 할머
니, 또 자? 묻는 말엔 대답이 없었다. 낡은 선풍기가 쿨럭

― 이며 회전했다.

기웃거리는 아이를 향해 손짓하면 린 형이 이거 전해주래
요, 하며 해진 보드를 건넸다. 진은 가로등 아래에서 보드
타는 연습을 하며 린을 기다렸다. 그날 린은 오지 않았다.

"할머니, 나도 노인이 되고 싶어."
"날이 춥다."
"더워 죽겠는데 맨날 춥대. 매미 우는 소리 안 들려?"
됐고 화투나 치자. 진이 화투패를 꺼내자 할머니는 진의
얼굴을 향해 집어던졌다. 미쳤어? 진이 양손으로 코를 움
켜쥐었다. 매미 울음소리가 맹렬해졌다. 할머니는 마른 낙
엽 같은 손을 말아 쥐고 바르르 떨었다. 진은 자리를 박차
고 나갔다.

완전히 질려버렸어. 이딴 시골에서 내 인생을 낭비할 수
는 없어. 코에서 피가 줄줄 흘렀다. 도시에서는 아무도 진을
찾아오지 않고. 린에게서는 연락이 없어……

며칠 뒤 하수구에서 시체 한 구가 발견되어 마을이 뒤숭
숭해졌다.

―

2

노래방의 금발머리 주인은 진을 지겨워했다. 나 여기서 일하게 해줘요. 글쎄 필요 없다니까. 그럼 노래 부르게 해줘요. 돈을 내. 내가 빚쟁이인 거 알면서. 만오천원. 사기꾼 같으니라고.

진이 원더걸스의 **Tell me**를 부르며 몸을 흔들 때, 소주에 수면제와 자두맛 사탕을 같이 넣어 마실 때, 울다가 웃다가 할 때, 흰 접시를 던질 때, 할머니는 이불을 가슴까지 끌어 올린 채 잠이 들었다. 문을 잠그지 않아도 도둑이 들지 않았고 아무도 할머니를 깨우지 않았다.

도시에서 도망 온 남자가 암암리에 용의자로 지목된 후, 아무도 진을 달가워하지 않았다. 이제야말로 떠날 거야. 잠든 할머니를 내버려두고 쪽방 구석을 나뒹구는 짐을 챙겨 나왔다. 사륜차 아래에 웅크린, 기름때에 전 길고양이에게 린이 밥을 주고 있었다. 조금이라도 먹어봐. 먹어야 살지. 린은 거의 애원하다시피 했다.

소나기가 퍼부었다. 진은 말없이 린을 지나쳤고, 린이 진을 뒤쫓았다. 젖은 셔츠를 벗어 진에게 내밀었다. 받지 않았다.

비는 좀처럼 멈추지 않았다. 논밭의 작물들이 어둠 속에서도 맹렬하게 존재감을 드러냈다. 빗물을 뒤집어쓴 짐 가방이 무게를 더했다. 진은 반나절을 걷다가 슈퍼로 돌아갔다. 세탁기에 옷가지를 모조리 처넣었다. 세제를 콸콸 쏟았다.

잠든 할머니 곁에 누우면 옥수수 익어가는 냄새가 났다. 할머니, 죽었어? 물으면 간신히 앓는 듯한 대답이 들려왔다. 아니면 할머니가 죽였어?

린의 엄마가 살았다던 집은 마을에서 가장 작지만 아름다웠다. 지붕이 주황색 고깔모자 같았다. 마루 밑엔 노랗고 검은 장화들이 구겨져 있었다.

진은 린을 불러내 백반집에서 순두부찌개를 먹었다. 린, 네 보드 가져가. 내 거 아니고 훔친 거야. 그럼 주인한테 돌려줘. 안 돌려줄 거니까 그냥 가져.

방학이 되자 십대들은 뿔뿔이 흩어졌다. 도시에 있는 부모의 집으로 가거나, 부모의 농사일을 거들거나, 가게를 돌보거나, 공부를 하러 도시로 떠났다. 낡은 보드 따위에 흥미를 잃은 지 오래였다.

"린, 이러다 가을이 오면 어쩌지?"
"어떻게든 될 거야."
"나는 사실 빚쟁이가 아니고 정신병자야. 갚을 수 없는 것들만 빌려 쓰거든."
"원래 사랑은 다 빚이야."

"할머니한테 내 수명을 나눠줄 수 있으면 좋을 텐데."

"실은 내가 할머니의 수명을 빼앗아 쓴 거라면 어떻게 할래? 갚을 수도 없는데."

"상관없어. 나는 세상이 똑바로 흘러가지 않기만을 바랄 뿐이니까. 노래방의 금발머리 주인이 실은 옥수수래도 상관없다고."

진은 더이상 노래방에서 울지 않았고 린에게 사랑을 하자고 조르지도 않았다. 비라도 내리는 날이면 마음이 다 타버릴 것 같았지만. 린은 묵묵히 젖은 사료를 마른 사료로 교체했다.

3
할머니는 기력을 찾은 듯이 진에게 역정을 냈다. 알겠어, 할머니. 소리 좀 그만 질러. 목 나갈라. 할머니의 큰소리에 옆집에서는 개가 짖었다. 개가 짖자 뒷집 닭이 울었다.

매일 시끄럽고 어딘가 좀스럽고 퀴퀴한 냄새가 흐르고…… 그러나 햇빛은 싹을 틔우고 빗방울이 고양이의 혀를 적신다.

그러니까 무거운 공기를 깨뜨리는 건 옥수수 알갱이 같은 가벼움.

"어제는 할머니가 잠결에 웃었어. 웃는 얼굴은 처음 봤어."

린과 진이 장화를 신고 빗속을 걷는다. 물웅덩이를 첨벙 첨벙 밟고 지나는 데에 망설임이 없다.

진짜로 끝나버렸어 여름!

잘됐지 뭐야
부러웠거든 너의 여름 원피스
흰색 바탕에 연두색 클로버 무늬

자주 가는 천변 카페에서는
사과잼 바른 와플을 팔기 시작했어

산울림보다는 유재하나
김광석이 떠오르는 계절

절반만 빛바랜 이파리
물웅덩이에 둥둥
컨버스는 역시 로우보다 하이

밟으면
이파리가 구겨지고 구름이 조각난다

카페 차양이 걷힐 때쯤
너는 어느새 한참을 앞서 걷고 있어

석양을 배경으로 한 장면은
오프닝에 어울릴까 엔딩에 어울릴까

근처 고등학교 운동장에서는
남자애들이 농구를 한다
골대의 그물망이 곧 찢어질 것 같다

텅 빈 쭈쭈바를 쓰레기통에 버리는 손과
너의 캄캄한 뒤통수

농구공이 쉴새없이
바닥에 닿았다 떨어지는 소리 사이로 끼어드는
"다 울었어?"

너와 내가 점점 나란해진다

4부

미워서 하는 말이 아니야

무대륙

게임 속에 대륙이 있다

여러 대륙에는 여러 나라와 여러 지역이 있고 지역마다 계
절은 하나로 고정되어 있다 이것은 하나의 약속이다 이를테
면 눈 내리는 지역에선 영원히 눈이 내릴 것 물에 잠긴 지역
은 영원히 물속일 것

물속을
느릿느릿 걷는다 스노클이 없는데
숨도 쉴 수 있고 말도 할 수 있다

세계를 구할 영웅의 운명을 타고난 자들은 그럴 수 있다
(그런 운명을 타고나려면 일단 게임에 접속하면 된다)

물속에는 헤엄치는 몬스터가 있고 부유하는 몬스터가 있
고 걷는 몬스터가 있다 모두 다 사냥해야 해 까만 복어 슬
라임 오백 마리 처치하기 형광빛 해마 천 마리 처치하기 퀘
스트 창을 열면 내가 누굴 얼마큼 사냥했는지 알 수 있다

그런데 가끔 웃자라거나 덜 자란 몬스터를 사냥해야 할 때
왠지…… 슬퍼지잖아

의미 없는 기본 공격을 하면서 '나는 아직 모험가지만 영

웅이 되기 위한 험난한 길에 이미 올라버렸다 이 세계를 파
괴하는 몬스터를 사냥하는 건 당연한 이치다' 나를 설득한
다 그렇지만 덜 자란 몬스터의 눈망울이 너무도 초롱초롱
한 것이다……

　몬스터를 가여워하거나 귀여워하지 않는 것까지가 영웅
의 자질인 걸까? 그런 자질까지 갖춰 꼭 영웅이 되어야만 하
나? 이 세계는 어차피 모험가로 넘쳐나고

　채널을 바꾸면 내가 존재하는 장소에 다른 모험가들이 나
타난다 가끔 나처럼 몬스터를 사냥하지 못하는(않는) 모험
가들을 만나기도 하는데 그럴 때 나는 들뜬 기분을 감추지
못하고 말을 건다

　저기……
　……

　대답 없는 모험가에게 거듭 말 걸기를 시도하는 나에게 다
른 모험가가 다가와 말한다 저 사람 지금 잠수중임

　여기는 물속이라 저희 다 이미 잠수중인데요
　……아니 그게 아니고

몇 번인가 더 나의 이해를 도우려던 모험가는 현실이나 살
라는 말을 끝으로 사라졌다

현실이라니

명백히

현실에도 대륙이 있고 나라가 있고 지역이 있다 심지어
집도 있다 집집마다
사는 사람이 있다

그것이 얼마나 슬픈 일인지 당신은 아는가! (떠난 모험가
를 향하여)

게임을 종료하면
대륙을 떠나면

나는 나를 사냥해야 해

함께 걷던 사람이 걸음을 멈추면
아는 몬스터야?
묻는다

제발 현실을 살아

현실에는 대륙이 있고
대륙에는 현실이 없다

웃자란 건지 덜 자란 건지 구분되지 않는
몬스터가 있다

몬스터의 유품

사냥에 성공하면 전리품을 획득할 수 있다

몬스터의 갑옷과 무기
원석 또는 보석
가지고 놀던 장난감
알 수 없는 종이 뭉치
꺼져가는 눈빛

축축한 숲의 구석에서
우두커니 선 채 그것들을 바라봤다

이봐, 몬스터
너에게도 엄마가 있나?

죽은 몬스터는 미동도 없이
차갑게 굳어갔다

나는 엄마의 유품이거든

누군가의 유품을 전리품으로 챙기는 심정이란
고독하군

생각했을 때

어깨에 화살이 날아와 박혔다

젠장, 이왕이면 심장 한가운데를 꿰뚫어줄 것이지
마지막 순간에는 운명적인 혹은 비극적인…… 사랑과 온
기를 느끼고 싶었다고

그러나 비극적이라기보다는
극적으로
살아남아 NPC가 되었다는 이야기

이봐, 모험가
내 이야기는 끝났으니 이제 사냥을 시작해
사냥이 끝나면 네 이야기를 들어주지

나는 그 이야기가 네 유품이 되기를 바라지만 말이야

어떻게 지내?

하루살이처럼 매일 죽으면서 지내는데

기르는 돌이 조금 자란 것 같다
화분 밑으로 그늘이 줄줄 샌다
거의 치사량이다

혐오로 기른 생물은 왠지 질긴 데가 있을 것 같지
공사장 소음이 공사장을 떠난 뒤로도
누군가의 귀를 잡아당기고

장판에 발바닥이 쩍쩍 달라붙는다
내가 살아 있다는 게 미신 같다

이 돌에는 뭔가 특별한 힘이 있어
내가 기르는 거라서 하는 말이 아니야

미신은 믿을 만하다는 점에서 미신인 것이라고
나는 신을 설득하고 싶다

식기 전에 먹으라고
기어이 식탁 앞에 나를 앉히던 사람이 있었는데

새 이웃이라며 문을 두드린 사람이 떡을 내밀었다

손목에 새긴 물고기 타투를 힐끔거리길래 그래요 관상용
이에요 말했다

먹지 않고 내버려두면
벌레가 꼬이려나 벌레는 너무 끈질긴 생물이어서
기르는 돌이라도 집어던지고 싶어진다

미워서 하는 말이 아니야
그렇게 똑똑히 말했지

어떻게 지내?

벌레처럼
미워하거나 사랑하지 않아도 죽일 수 있다는 마음이
나를 번번이 무너뜨린다

식기 전에 먹어
접시 위의 떡은 미움이나 사랑의 대상이 되지 않고도 모
락모락 김을 피워올렸다

때때로 나는 관상용이니까
보여주겠다 얼마나 질긴지

믿기로 했을 때
신은 나를 공사장 한복판에 세워놓고 하소연했다

내가 기르는 인간이 조금 죽은 것 같아
오래 들여다볼수록 영특한 인간이었는데

신께서
기르시는 생물이라 하는 말씀은 아니지요?
묻자, 신이 나의 목을 졸랐다

완벽한 휴가의 클리셰

　게스트하우스에서 한 영화감독을 만났다 이곳에 얼마나 머물 예정인지 주변에 둘러볼 만한 곳이 있는지 공유한 뒤에야 통성명을 했다 아, 부산국제영화제에 초청받으셨다고요? 홍콩에도 다녀오셨고 예, 모두가 망할 거라 말했는데 그렇게 됐습니다 대단하네요 그는 술에 취하자 자신의 영화가 얼마나 욕을 먹었는지 푸념했다 다양성영화라는 게 모두를 만족시킬 수는 없으니까요 물론 상업영화도 마찬가지겠지요 아 상업영화와 독립영화를 구분 짓는 건 순전히 자본이고요 암요 그런데 시인이시라고요? 학생인 줄 알았어요 우리는 택시를 타고 시내로 나가 영화감독의 친구 둘을 만났다 둘은 작곡가와 가수로 십 년 된 연인이라고 했다 영화감독과 작곡가와 가수와 나는 작곡가의 집에서 술을 마셨다 나를 뺀 세 사람이 한참을 저들끼리 떠들었다 최근에 본 그 영화 말이야 돈을 너무 안 쓴 거 아니야? 사운드가 이상하던데? 대사가 안 들릴 정도였어 에이 그 정도는 양반이야 그나저나 그 배우 요즘 연극한다며 어 그 선배 이상해졌어 후배들 놀린답시고 무대에서 자꾸 예정에 없던 애드리브를 치잖아 그것도 되게 올드한 애드리브 알지? '이렇게 안 하기로 했잖아?' 하고 정색해서 상대 배우 당황하게 만드는 그런 연출 관객들은 아직도 좋아하더라…… 세 사람은 문득 나를 쳐다봤다 그런 거 좋아해요? 그럴 리가요 음, 역시 그러고는 저들끼리 너무 오래 떠들었다며 갑자기 내 시를 낭독해주겠다고 했다 나를 뺀 세 사람이 좋다 좋다 읽자 읽자 그랬다 영화감독은 핸드폰을 꺼내서 내 이름을 검색했고 그래도 찾을 수 없자 내게 핸드폰을 건넸다 좀 찾아주세요 나는 누군가가 시 전문을 옮겨놓은 블로그에 접속했다 영화감독이 과장된 목소리로 시를 읽었다 블로그 주인이 오탈자 낸 것을 그대로 읽었다 이 오탈자에는 어떤 의도가 있는 거죠? 영화감독이 심각한 얼굴을 하고 내게 물었다 기존 체제에 반발하려는 거죠 심드렁하던 작곡가가 티브이 화면에 유튜브 영상 하나를 띄웠다 이 유튜브 채널의 정체성은 서울의 거리를 오직 걷기만 하는 거야 그게 콘텐츠야 영화감독은 기가 찬다는 듯이 고개를 저었다 나는 서서히 졸음이 밀려오는데 이제 영화감독과 함께 게스트하우스로 돌아갔으면 좋겠는데 영화감독은 일어날 기미가 없고 시간은 자정을 넘어가고 있고…… 거실에 놓인 저 빈백에 반쯤 드러누우면 편하겠지 편할 거야 눕고 싶다 그런 생각을 할 때 티브이 화면에 재생중인 영상은 눈 내리는 삼청동을 보여주었다 그러자 게스트하우스는 서울 또는 겨울만큼 멀게 느껴졌는데 화면 속 눈발이 굵어질수록 눈꺼풀이 무거워졌던 탓이다 나는 눈 덮인 삼청동 어느 골목으로 잠기어가고…… 아, 이것이 미장센이로구나 술 취한 가수의 허밍 위로 나의 바람 빠진 웃음소리가 포개졌다

삼다수 싸게 팝니다

제주도 사람들은 아무 귤이나 먹지 않는대
서귀포시 그중에서도 효돈에서 난 효돈 감귤이 가장 맛
있다는데

천지연폭포 매표소 앞에 사람들이 줄을 서 있다 검표하는
사람이 인상을 찡그리며 모자를 고쳐 쓴다 나는 물품 보관
함에 배낭을 넣고 열쇠를 챙긴다 입구로 들어서면 산책로
가 이어진다 높고 무겁게 매달린 나뭇잎들이 햇볕을 가린다

이런 데에서 뭐 사는 거 아니야 전부 바가지야
예쁘다 거기 그대로 서봐

폭포수가 쏟아지는 소리에도 셔터음은 크게 들린다 기념
사진을 충분히 찍은 사람들이 서둘러 자리를 뜬다 울창한
숲이란 대개 서늘하고 습하고 자꾸만 손에 땀이 찬다 원 없
이 쏟아지는 물줄기를 바라보면서 무엇을 느껴야 좋을지

거긴 관광객들만 가는 곳이야 진짜를 느끼고 싶으면 현지
인이 가는 곳을 가야지 현지인이 먹는 음식을 먹어야지 너
몰랐구나 해산물도 거의 다 육지에서 들여와

은밀히 속삭이는 저 사람은 제주 감귤과 효돈 감귤을 구
분할 줄 알까 궁금하다

왔던 길을 되돌아가는 동안 열쇠와 배낭을 교환한다 버스를 타고 또 버스를 탄다

지도 앱을 켜고
끊임없이 나의 위치를 확인하는 게 여행인가

요즘 뭐해?
알림 창에 뜬 메시지에 내가 잘 지내고 있다는 것을 증명해야 할 것 같은 기분이 든다
거기 있으니까 좋니 부럽다 좋아 보여
나는 노력 없이도 좋아 보인다
응 여기선 삼다수를 싸게 팔아 진짜야

식당에서 나눠준 귤을 하루종일 주머니에 넣고 다닌 날, 따뜻해진 귤이 이내 터져버렸다 무심코 주머니에 찔러넣은 손끝이 달고 시큼하게 젖었다

이렇게 멀쩡해 보이는데 왜 여기에 있지?
쓰레기장에 버려진 가구를 안타깝게 바라보던 엄마의 눈빛을 점점 이해하게 된다

서울에서 나 만나도 알은체하지 마
나는 나한테도 바가지 씌워

136

제주도 햇볕에 그을린 피부 위로 껍질이 일기 시작한 건
서울로 돌아온 뒤의 일이다

세나 나나 나나세

　세 사람은 같은 기차에서 서로를 마주보고 있다 그런데 세나의 앞자리에는 아무도 없다 세나는 울적하다 나나세는 옆자리에 아무도 없다는 게 좋다 술도 좀 마시고 싶고 담배도 피우고 싶고 섹스도 하고 싶다 자리가 넓으니까 막 드러눕고 싶다 나나의 앞자리 옆자리에는 나나세 세나 있지만 나나는 만화책 읽는다 낄낄 어두워서 잘 안 보여

　세나는 슬픈 이야기를 잘하고 나나는 웃긴 이야기를 잘하고 나나세는 재미있는 이야기를 잘한다 슬픈 이야기를 웃기게 할 줄 알고 웃긴 이야기를 슬프게 할 줄 안다 그러니까 내 말은, 세나의 주머니 속에 녹다 만 초콜릿이 있고 나나는 초콜릿을 너무나 좋아해서 녹다 만 것도 핥을 줄 알고 나나세는 초콜릿이 더 잘 녹도록 손에 쥐고 있다가 홀랑 잃어버린다는 것이다

　세나와 나나와 나나세는 초콜릿 묻은 손을 씻는다 세나는 엉엉 울며 씻는다 나나는 낄낄 웃으며 씻는다 나나세는 세나나나나나세……

　창밖이 완전히 캄캄해지면 다시 이야기를 시작해야지 하지만 부담스럽다! 세나는 녹다 만 초콜릿과 반쯤 남은 생수와 텅 빈 좌석만 봐도 슬픈걸 슬픔이 많은 사람이 슬픈 이야기를 하면 부담스럽단 말이야 세나는 부담스러워 나나는 창

문에 머리를 기댄 채 또 웃긴 궁리 하고 있을까? 생수를 빈
좌석에 붓고 아 누가 오줌 쌌어 말하는 상상 나나세는 조용
히 그 자리에 엉덩이를 붙이고 앉는다……

　　재미있냐? 흐르는 시간 속에서
　　기차는 한 방향으로
　　세나나나나나세

*

셋이서 시소 타는 법 알려줄 사람

세나와 나나와 나나세는 동갑내기 친구들

셋이 놀기 좋아하지요

잘못 보관한 목걸이나 팔찌처럼 엉켜버리기!

*

꼬인 줄을 풀 때는 이야기가 필요합니다 세나, 부탁할게!

좋아 나는 꼬인 줄을 힘겹게 풀어 왜냐하면 대체로 마음이

엉켜 있거든 그런 마음으로는 침착하기가 어려워 꼬인 줄을
한꺼번에 당겨선 안 돼 제일 위에 있는 줄부터 차분히, 야,
주머니에 초콜릿 누가 넣어놨냐? 나나, 네가 해봐

　꼬인 줄을 꼭 풀어야 돼? 나는 이대로 좋아 나나세, 너는?

　어라, 쉽게 풀리는데? 그냥 이 줄만 당기면 되는 거였네
그리고 초콜릿은 내가 넣어뒀지 우리는 도돌이표잖아

　기차에 다시 올라탈 때 세나와 나나와 나나세는 세나와
나나와 나나세이면서 세나나나나세 나나세나나나세 나
나세세나나나 세나나나세나나 나나나나세세나 세나와 나
나와 나나세의 리듬 리듬 리듬 기차처럼 도돌이표를 가졌지
요 칙칙폭폭 치카푸카

　퉤

　아 누구야

　나나가 뒤돌아본다

　나는 눈을 크게 뜨고 기차 안에서는 정숙, 이라고 알려
준다

외계인이 초능력을 쓸 거라는 생각은 누가 처음 했을까?

관절이 없는 외계인이 있다고 치자 걔들은 해파리처럼 공중을 부유하며 이동하는 거야 그렇담 걔네가 보기에 우리의 달리기 능력은 초능력이 아닐까? 나는 너의 입술 피어싱을 혀로 건드리며 그런 엉뚱한 상상을 해 누가 처음 그런 상상을 했는지는 중요치 않지 복숭아 향이 나는 잠을 자고 싶어서 너의 복숭아뼈를 깨무는

내 사랑이 너에게는 초능력처럼 느껴졌으면 해 네가 꿈의 뒷골목으로 끌려가 불한당들에게 돈을 뜯길 때 나는 부잣집 딸은 아니지만 부잣집 경호원이어서 너를 지키고 싶어 아니 지킬 수 있어 다짐은 단단하고 확신은 얄팍하다

드라마 속 외계인은 시간을 멈추고 사랑하는 인간에게 키스하더라 그거 너무 평범한 사랑 아닌가 우리가 구사하는 언어는 외계어 같다 이를테면 너의 목덜미에 아가미를 그려주고 싶다 투명한 아카시아꿀로 가득 채운 욕조에 너를 눕히고 싶다 끝없는 소망을 발생시키는 거 그거 너무 평범한 거 아닌가

얇은 꿈을 덮었을 뿐인데 우리는 우주먼지의 더미 속에 잠겨 있다

아침에는 출근하고 저녁에는 퇴근하고 밥을 먹고 산책하

고 자정이면 잠드는 네가 실은 외계인이라고 치자 그런데
너에게 초능력 따위는 없다고 치자

　이토록 평범한 외계인이 사랑을 할 거라는 생각은 내가
처음 했다

시집 코너*

세계의 모든 해변처럼 언제나 너무 많은 비들 속에서 Lo-fi
음악이 흘러나온다 그리하여 흘려 쓴 것들이 있었는데 오늘
은 잘 모르겠어 나는 적극적으로 과거가 된다 늦게 온 소포
가 된다 사람을 사랑해도 될까 물으면 당신은 희망은 사랑
을 한다 대답한다 나도 편지에는 그냥 잘 지냈다고 쓴다 백
지에게 그리고 언니에게 아니, 우리에게

　잠시 신이었던 한 문장
　그 숲에서 당신을 만날까 주소를 쥐고 걷는 내게 무슨 심
부름을 가는 길이니 물을까 어떤 질문은 도움받는 기분이
들게 한다 가벼운 선물을 사려 했을 뿐인데 지구만큼 슬펐
다고 한다

　지구는 항상 조금 추운 극장이라서
　괴괴한 날씨와 착한 사람들이 있고
　진짜 같은 마음이 있다
　우리가 동시에 여기 있다
　는 소문이 있다

　이건 우리만의 비밀이지?
　영원이 아니라서 가능한

　밤이라고 부르는 것들 속에는 다만

이야기가 남았네
오래 속삭여도 좋을 이야기

누구도 기억하지 않는 역에서 기차를 타고 방부제가 썩는
나라에 가고 싶다 눈 내리는 체육관을 지나 팅커벨 꽃집을
지나 열두 겹의 자정을 통과해 도착하는 나라 그런 나라가
없다면 언니의 나라에선 누구도 시들지 않기 때문, 그러니
자면서도 다 듣는 애인아, 어떤 사랑도 기록하지 말기를 그
저 아름답고 쓸모없기를

나는 좋아하는 것들을 죽여가면서도
몸과 마음을 산뜻하게 만들어두었다
최선은 그런 것이에요 중얼거리면서

* 출간된 시집 마흔한 권의 제목을 가져와 씀.

144

친구, 아직도 콜드플레이와 데미안 라이스를 듣는가

가을비 맞은 친구의 외투는 축축하고 바스락거린다
나는 집에서 연애소설이나 읽고 싶은데
우중충한 이런 날, 친구와 오뎅바에 와 있다

천장에서 모래가 쏟아져내릴 것 같네
친구는 고양이를 기른다 고양이는
가을을 알까 가을의 소슬함을

몰라도 돼 젖은 외투 같은 거
나는 책방 냄새가 싫더라
빗물 때문에 진해진
바깥의 사람들 발걸음 느려지네
오뎅 국물 따뜻하니까

그냥 지나치지 말고
한잔하지
그러면 우리 모두가 친구

여기 차가운 사케가 있다
옆 가게에서 들려오는 다프트 펑크

친구, 너의 슬픔은 무엇인가?
또한 너의 기쁨은 무엇인가?

다프트 펑크가 해체했다고 해서 다프트 펑크의 음악이 사
라지는 건 아니다 그런데 솔직히
서운하다 그렇지? 친구,

나는 슬픔도 기쁨도
쭉 들이켜

연애소설은 아마도 이렇게 시작될 것이다
가을비로군요 우산이 없네요
어디로 가시나요?
저는 콜드플레이와 데미안 라이스를 좋아해요

고양이를 기르는 친구의 집에는
오래된 시디플레이어와 이어폰이 있다

음악이 추적추적 내리는 동안
모래알을 세는 것처럼 침침하고 신중해진다

그냥 듣지 말고
새겨듣지

친구의 시디플레이어에서는 가끔 사라진 음악이 흘러나온다

물속의 어항

눈 감고 구름 속을 걷는다고 생각하자 물의 계단이 나타
날 거야 이것 봐 나의 건반은 파랗다 밟으면 뼈 부러지는 소
리가 난다 하루종일 거기에 걸터앉아 담배를 피우거나 퍼즐
을 맞출 수 있겠지만 나의 눈동자로 유빙을 옮겨오는 동안
너는 창틀의 벌레를 눌러 죽인다

내가 어지러움을 느낄 때면 너는 냉장고에서 오이를 꺼내
반으로 쪼개줬잖아 그런 여름이 은색 단도처럼 반짝이는데
파충류는 등껍질의 서늘함을 알까 나는 알루미늄을 오려 가
면을 만들고 싶다

페인트사탕을 빨아먹고 혀가 파래지면 다른 생물이 된 것
같았던 사춘기 나는 배우고 싶은 영법이 많은 학생이었다
가장 행복했던 순간을 떠올려보세요 그런 말을 들으면 코피
가 쏟아졌다 이제 얼굴과 목소리가 희미해진 선생은 사춘기
의 방황이 일종의 멀미라고 말했다 황급히 자라느라 매 순
간이 어지럽고 어려운 시기가 있었다

비생물로 돌아갈 수는 없는 걸까

실험 관찰 또는 휴가

빙수 그릇에 수저만 남을 때까지 우리는 사랑했는데 네

가 기르는 물고기는 발육이 좋구나 두근거릴 때마다 커지
는구나 홑이불처럼 얇고 가벼운 슬픔이 한 계절 내내 사각
거렸다

이토록 익숙하고 평범한 날들에 종말은 바닐라아이스크
림맛이 나겠지 이가 빠지도록 달고 차가워서 미련하게 자꾸
핥게 되잖아 우리는 골치 아픈 연인이야 그렇지 않니

물의 계단 아래 무엇이 헤엄치고 있을지 궁금해 들여다보
면 모래언덕이 해일처럼 밀려온다 나의 심해가 저 먼 사막
한가운데에 잠겨 있다

나는 우산 속 날씨만을 믿었던 일에 대해 죗값을 치르는
것 같다 밖을 나설 때마다 거머리가 등에 달라붙는 상상을
한다 비좁은 오후를 견디다보면 피가 다 빠져나가는 기분
이 들지만

나는 우리의 가능성에 대해 생각해 가능성에 중독된 자들
만이 불가능한 노래를 부른다는 것을

까만 사체들이 흩어져 있는
형광등 깜빡일 때마다 카메라 셔터 소리가 들린다

어떤 포즈를 취할까 고민하다 우스꽝스럽게 찍힌 사진 　──
그건 일생을 요약한 장면 같다

세기말을 떠나온 신인류는 종말을 아꼈다

무한궤도 음악을 들으며
읽던 소설책으로 얼굴을 덮었다
아직 한낮이었다

나는 노래도 못하고 악기도 못 다루지만
밴드부에 들고 싶었어

중학생 때 멋지다고 생각했던 것들은
절반쯤 기억나지 않고
또 절반쯤 여전히 멋지다
무한궤도 서태지 패닉

뒤늦은 사랑이라는 말은 말이 되지만
뒤늦은 그리움이라는 말은 말이 안 되지
그리움에는 제철이 없어서

비밀 아지트 다락방 타임캡슐
그런 걸 떠올릴 때
숨 참는 표정이 된다

담배를 피우러 나갔다가
흰 개를 데리고 폐지 줍는 노인을 봤어
개가 한쪽 다리를 절룩거리더라

노인의 푹 눌러쓴 모자는 작고 노란
꽃무늬

미지의 세계로 출발할 준비를 끝낸 것처럼
목줄을 놓고 모자를 날려보내는
그 소녀를 나는 그리워하지

소설책을 양탄자처럼 펼치고 이리 와 옆에 누워봐 페이
지와 페이지 사이로 바람이 통과한다 메아리 섞인 음악소
리가 점점 커진다 천장에는 흰 개의 빛나는 치아 같은 별들

부드러운 어둠 속에 손을 넣으면
언젠가 묻어놓고 깜빡 잊은 타임캡슐이 잡힌다

실은 사라지고 싶었던 거지?
비를 맞은 천사처럼*

조금만 쉬었다 가
좋아하는 노래 틀어줄게
눈 감고 듣다가 가

무엇을 찾으려 했더라 궁금해할수록
다락방의 어둠은 깊고 거대해진다

눈을 뜨면 절반쯤 기억나지 않는 꿈
또 절반쯤은 여전히 기다려지지

나는 붓질도 못하고 색채도 모르지만
화가가 되고 싶었어
그리움을 모르는 소녀가 되고 싶었어

새로운 세기를 부축하던 바람이 낡아가고
빗방울에도 녹이 슨다

깨진 창문에 덧댄 테이프의 꽃무늬
너머로 세워지는 계획도시

없는 것 같아서
있는 것 같아서

무엇이든 절반쯤은 미지

미지가 나를 떠나려고 하네

* 무한궤도의 앨범 '우리 앞의 생이 끝나갈 때'(1989)에 수록된 곡
의 제목.

152

숨어 듣는 명곡

한때 응원했던 아이돌 그룹이 며칠 전 해체했다 모든 멤버가 자필로 적은 편지 말미에는 사랑해요 영원히 잊지 않을게요 비슷한 시기에 데뷔한 어느 그룹은 해체하지 않았지만
대중은 그들의 새로운 음악을 기대하지 않는다

우리가 그리워하는 2000년대와 2010년대
지금 무슨 의미가 있어?

MP3에 들어 있던 옛날 노래들 그때도 옛날 노래였고 지금도 옛날 노래인
우리 이어폰을 한쪽씩 나눠 끼고는 했잖아 점심을 먹고 산책을 하면서

몰래 드나들던 피시방에서 나는 RPG 게임 고수였어 캐릭터에게 예쁜 옷을 입히고 좋은 무기를 들려주었으니까
가서 싸워야지 싸워야 경험치를 얻고 레벨이 오르고
그것이 육성 게임의 즐거움이다

스피커가 터지도록 울리던 효과음이 집까지 따라온 날 몸에서 나는 담배 냄새 때문에 부모에게 문책을 당했지 기분이 상해서 방문을 닫고 귀에는 이어폰을 꽂았다 메신저에 접속해 친구들과 채팅할 수도 있었지만
편지를 썼다

나의 아이돌에게

　메신저를 다른 메신저가 대체하고 다른 메신저를 다음 메
신저가 앞지르는 동안
　기억은 충분히 아름다워졌지?

　선배에게 얻어터진 다음날에는 모든 동급생이 나를 피했다
　나는 가해자가 아니야
　먹을 것을 사다 바치면서 빌었다

　급식을 거르는 게 익숙해졌을 무렵 선생님이 나와 동급생
들을 불러모은 뒤 말했다
　이제 그만 화해하렴

　왜
　죽을힘을 다해 살아야 하지 죽을힘으로
　죽으면 억울하지 않을 것 같아

　거짓말

　나는 살아남아
　시인이 됐다

처음으로
뭔가가 되어봤다

누구나 할 수 있지만 아무나 할 수 있는 일은 아니야 기세
등등한 척 말하면
맞아도 싼가

이제는 어제 일도 가물가물하다

중고로 산 고가의 헤드셋이 사용한 지 일 년 만에 고장났
다 이 모든 게 적당한가 적당히 고장난 헤드셋으로 해체한
아이돌 그룹의 노래를 듣는다 그들을 좋아한다는 공통점이
우리를 화해케 한 적이 있다 그런데 화해라는 단어가
적당한가

무기한 무대에서 볼 수 없는 그들은
살아남아
일을 하거나 하지 않고
결혼을 하거나 하지 않고
애를 낳거나 낳지 않고
노래를 하거나 하지 않는다

나는 흥얼거리면서도 부지런히 책장을 넘긴다 이 페이지

155

에서 다음 페이지로 2010년대에서 2020년대로 전주에서 서울로
　　이동하는 동안 몇 개의 터널을 지나야 했는지 세어본 적 없고
　　고속버스를 타면 정안휴게소에서 한 번 멈춘다

　　매끈하게 잘 닦인 고속도로
　　달리다보면 고층 아파트들이 일어서 있다

　　죽을힘을 다해봐라
　　모기와 빌보드 차트 1위 가수의 무대는 나의 귓가로 동일하다

　　나의 무대에서
　　나는 부지런히 슬레이트를 친다
　　잡았나?
　　……
　　방구석에 웬 모기가 이렇게 많아

　　숨은 적이 없으니까

　　고장난 헤드셋에서 음악은 더이상 흘러나오지 않고
　　노이즈 캔슬링이 작동한다

해설

망할 세상에서 농담하기
—스트릿 문학 파이터 분투기
박상수(시인, 문학평론가)

토마토 젤리?!

쉽지 않다. 웃음을 참는 일이. 고선경의 이런 문장을 읽으며 과연 웃지 않을 수 있을까? "죽은 사람이 죽은 사람의 뺨을 툭툭 치면서 아 이 사람아 이제 정신 좀 차려봐 말한다 그런데 이거 혹시…… 나한테 하는 소리인가//그래 나는 여전히 술을 좋아하고 제정신일 리가 없다!"(「땅콩다운 땅콩」) 화자는 슬픈 일이 생기면 혼자 맥주를 마시면서 잘 우는 사람. 술 마시고 쪼그려앉아 울다가 다른 우는 사람과 눈이 마주치는 무안한 일을 겪기도 한다. 술 좋아하고 잘 울고 제정신 아닌 사람이 이미 죽은 뒤여서 정신을 차릴 가능성도 없다면…… 눈물이…… 어쩐다…… 조금 슬프다고 해야 하나 많이 웃긴다고 해야 하나. 둘 다인 것도 같다. 자신을 망가뜨려 사람들의 웃음을 유발하는 '개그 본능'에 충실한 시를 오랜만에 만났다.

웃음을 지우지 못하고 읽는 다른 시도 예사로 다가오지 않는다. "새로운 혼잣말을 하고 싶다//(……)//나는 젤리 공장 공장장이 되고 싶을 만큼 젤리를 좋아한다//소다맛 설탕맛 돌고래맛 혼잣말//(……)//고장난 젤리 장난감 젤리 뭉개진 젤리/청바지 공장 공장장도 즐겨 먹는//개구리"(「토마토 젤리」). 혼잣말은 어디에서 오는가. 고선경에 따르면 젤리에서 온다. 젤리의 쫀득한 식감과 단맛이 입안에서 소다기포와 함께 터진다. 터지다가 흥에 겨워 돌고래처럼 도약

할 것만 같다. 돌고래 뒤에서는 샤워젤로 만든 구름 거품이 피어오르는 것도 같다. 어디 가니? 물었더니 이번에는 누군가의 입 밖으로 튀어나와 색소 비가 내리는 비탈길을 뒤도 안 돌아보고 데굴데굴 굴러갈 것 같다. 뭐가? 돌고래가? 아니, 파란 개구리가. '돌고래' 다음에 '혼잣말'이 오는 엉뚱함이 좋다. 고민 많을 것 같은 '청바지 공장 공장장'도 개구리를 즐겨 먹는다니 피식 웃으며 그렇다면 안심이다, 말하게 된다. 물론 개구리는 미끄덩한 식감만 남긴 채 잘도 도망가겠지.

사는 게 힘들고 그래서 오랜 고민에 잠겨 심각한 줄 알았는데 속으로는 이런 상상을 하고 있었구나, 너. 웃다가 상상하다가 고민도 잠깐 까먹는다. 양복 입은 어른 모델의 연기에 아이들 목소리를 더빙해 까르륵 나만의 젤리가 더 맛있다고 자랑하는 하리보 젤리 광고가 슬쩍 겹치기도 한다. 엄지와 검지 사이에서 어디로 튕겨나갈지 모르는 쫀득한 젤리처럼, 갖가지 소재들이 리듬감 있게 섞이고 작은 파도를 일으켜 고선경의 신기하고 흥미진진한 혼잣말이 탄생한다. 아무래도 '샤워젤과 소다수'로 양념된 토마토-혼잣말-젤리가 시인이 생각하는 시(詩)의 다른 이름이 아닐까 싶은데. 어때요, 이 웃기고 색다른 놀이에 함께 하실래요?

개그 본능과 패기

　2022년 조선일보 신춘문예로 등단한 고선경은 등단작부터 "능청스럽다. 통치면서 능치고, 관(貫)하면서 통(通)하는" 솜씨를 갖췄으며 시의 핵심 주제를 "농담과 엮어내는 시적 패기"가 인상적이라는 평가를 받은 바 있다. '시적 패기'라는 말이 어울리는 것은 근래 우리 시단에서 첫 시집만으로 이만한 능청과 유머 감각을 발휘하며 자신만의 세계를 펼쳐 보인 시인이 드물기 때문이다. 그 능청스러움이 돋보이는 「건강에 좋은 시」에는 고선경이 생각하는 시의 효능이 나온다. 화자에게 고민의 계기를 제공하는 것은 엄마다. "엄마는 늘 무언가의 효능을 궁금해"하는 사람. 엄마의 기준에서 보자면 시의 효능이라는 게…… 과연 있을까? 움츠러들기 쉬운 이런 순간에 화자는 "나는 다정의 효능이나/시의 효능에 대해 골몰한다//감동 그리고 따뜻한 시선과 관심……/받겠냐?//내 시에 비타민이나/식이섬유가 함유돼 있지는 않아//(……)//근데 봤지 엄마/쟤가 나 보고 웃었어"라고 당당하게 말한다. 그러니까 고선경의 시에 보통의 사람들이 시에 기대하는 '감동'과 '따뜻한 시선' 혹은 '관심' 같은 건 없다.

　그런 걸 기대하고 있다면, 이라고 호흡을 끌다가 말줄임표 뒤에 돌연 "받겠냐?"고 되받아치는 '돌+아이' 기질과 패기가 신선하다. 여기서 화자의 당당한 캐릭터가 솟구치고 시의 각도가 흥미롭게 휜다. 고선경의 시에 몸에 좋은 '비타민'이나 '식이섬유'가 있기를 바라는 일은 무용할지 모른다. 대신 "근데 봤지 엄마/쟤가 나 보고 웃었어"라고 말할 때의 자신감은 고선경 시를 이끄는 절대반지이다. 마침내 "엄마가 블루베리를 먹는 이유는/블루베리가 눈에 좋기 때문이라는데/뻥이고 엄마는 그냥 블루베리를 좋아한다"는 마지막 구절에 이르면 뭐뭐의 효능을 따지는 사람들이 결국 뭐뭐를 먹는 이유는 사실 그냥 좋아서, 라는 색다른 깨달음에 도달한다. 이런 유쾌한 흐름이 좋다. 효능이 아무리 좋아도 입에 쓴 걸 열심히 챙겨 먹기란 어려운 노릇. 실은 먼저 좋아하고, 그다음에 합리적인 듯 보이는 설명을 만드는 게 인간이기도 하니까. 그러므로 시가 좋은 건 그냥 좋은 것이고 이유 같은 건 나중에 만들면 된다. 그래, 그런 것이다. 누군가를 한번 웃겼다면 그것으로 시의 목적이 달성된 것! 마음이 편해지고 새로운 힘이 솟는다. 고선경의 매력은 이런 대목에서 팡팡 터진다.

이처럼 시에 대한 기성의 인식을 뒤집는 패기만만한 자신감은 "나는 비범하지 않으면서 눈에 띄기를 바랍니다/돌연사를 해서라도 말이지요//교수님이 무서워서 돌연사!/인생이 너무 심심해서 돌연사!/애인이 생기지 않아서 돌연사!"(「살아남아라! 개복치」)와 같은 구절에서도 경험할 수 있다. 술을 좋아하고 그래서 제정신일 리가 없는 화자, 비범하지 않으면서도 세계인의 눈에 띄었으면 좋겠고, 그런 바람을 "돌연사!"해서라도 이루고 싶은 철딱서니 없고 웃기는 화자. 비록 농담의 맥락에서 작동하고는 있지만 욕망을 감추는 것이 미덕이었던 선배 세대에 비해 고선경은 인정의 욕망, 성공의 욕망을 드러내는 데에 솔직하다. 이런 당당함과 자신감이 매력적이다. 그런데 뒤집어 생각하면 이 세계에 자신을 어필할 방법이 '돌연사'밖에 없다는 건 사실 무진장 슬픈 농담이 아닌가. 여기서 살펴볼 것은 고선경의 개그 본능이 실은 도저히 출구를 찾기 힘든 현실을 배경으로 등장할 때도 있다는 점이다.

답도 없어 보이는 망한 현실이라면

이번 시집에서 손꼽을만한 「알프스산맥에 중국집 차리기」라는 흥미로운 작품에는 아르바이트를 전전하며 사는 화자가 등장한다. 아직 어설픈 화자는 일 못한다고 손쉽게 잘리기도 하는 등 서러운 나날의 연속을 경험한다. 물론 이 작품 역시 고선경 특유의 능청과 개그 본능으로 저 무거운 현실을 헤치고 나아갈 힘을 만들어놓지만, 힘든 동시대 청춘의 현실이 기본 바탕으로 깔려 있음을 부인할 수 없다. 알바를 끝내고 집에 돌아왔지만 하루의 고된 노동은 잠까지 방해한다. 빚이 있어 일을 그만둘 수도 없다면, 뭘 더 할 수 있을까? 바로 그럴 때 고선경은 푹신푹신, 말랑말랑 상상을 펼쳐나간다. 그럴 리 없음에도 "빚은/푹신푹신하다"는 말로 반전을 꾀하고 "물은/끓기 전과 끓은/후, 언제가 더/맑음?"이라는 상상으로 엉뚱한 해방의 경로를 열어놓는다. 진짜네, 언제가 더 맑지? 알바를 전전하던 이 집 저 집 모두 데리고 저 살기 좋다는 북유럽 국가로 이민을 가면 어떻겠냐는 화자의 생각에 우리도 닿아 어느덧 동행한다. 꿈은 이루어질 것인가. 그러다가 "죽기 전에 못 가보면 어쩌지?/괜찮아, 너만 못 가는 거 아니야"하고 현실로 돌아와 이 모든 것은 실패가 예정된 상상에 불과하다는 것을 확인한다는 점은 인상적이다. 웃기면서도 자조적이고 슬프다. 농담과 유머 감각으로 돌파하려고 해도 어떤 순간에는 무얼 해도 안 될 것 같은, 사방이 꽉 막혀 탈출구가 보이지 않는 '폐색감'이 짙게 깔려 있다.

2010년대 이후, 미래에 대한 기대가 사라져버린 폐쇄된 현실감각은 우리 젊은 시인들의 작품 속 주요한 기본값이 되어왔다. 마크 피셔의 지적처럼 소위 '자본주의 리얼리즘(capitalist realism)'이라고 할 만한 상황이다. 자본주의가 망하고 새로운 대안 체제가 가능할 것이라는 기대는 사라진 지 오래인 지금, 차라리 세계가 망하기를 기대하는 편이 빠른 상황에서 다른 삶을 상상한다는 것은 어려운 일이 되고 만 것이다. 결정적인 것은 모두가 현재 주어진 자본주의 체제를 절대적이고 불가피한 것으로 묵인하며, 어쩔 수 없다는 체념의 분위기 속에서 살아간다는 점에 있다.[1] 열심히

살면 그에 합당한 보상을 받을 수 있고 지금은 삶이 힘들지만 점점 더 나아질 것이라는 기대가 없다면 무얼 믿고 어떻게 살아야 할까? 한국 시단에서 이 문제에 가장 적극적이고 예민하게 반응해온 사람들이 갓 시인이 되거나 시집을 출간한 젊은 시인들이었다.

사회적 차원의 구조적 폐색감과 별개로 개인적 차원에서 젊은 시인들의 폐색감을 더욱 강화시킨 것은 다름 아닌 자신이 시를 쓰고 있다는 사실 그 자체라는 점도 눈여겨볼 만하다. 고선경은 이 대목에서도 선명한 장기를 발휘한다. 이번 시집 마지막에 실린, 마치 시인의 자전적 서사가 담긴 것처럼 보이는 「숨어 듣는 명곡」을 잠시 경유해보자. "왜/죽을힘을 다해 살아야 하지 죽을힘으로/죽으면 억울하지 않을 것 같아//거짓말//나는 살아남아//시인이 됐다/처음으로/뭔가가 되어봤다"에서처럼 화자는 실패가 반복되는 현실에서 그럼에도 불구하고 (겨우) 살아남아 처음으로 '시인'이라는 이름을 얻게 된다. 신규 참여자가 넘어야 할 허들을 높이는 방식으로 기존 참여자의 이익을 보존하는 시대에 사회 진입조차 쉽지 않은 청년들의 입장에서라면 이 사회의 어떤 분야든 폐색감에서 자유로운 영역을 찾기가 쉽지 않다. '시'라는 영역 또한 다르지 않은데, 시인으로 살아가는 현

---

1) 마크 피셔, 『자본주의 리얼리즘』, 박진철 옮김, 리시올, 2018, 11~12쪽 참조.

실의 녹록지 않음을 예능적인 감각으로 풀어낸 작품이 바로 「스트릿 문학 파이터」이다. 여성 댄스 크루 서바이벌 프로그램으로 2021년 엠넷에서 방영되어 큰 인기를 끌었던 〈스트릿 우먼 파이터〉를 패러디하여 쓴 이 작품은 "세계 최초 시 서바이벌 오디션"이 펼쳐진다는 설정 아래 서사가 전개된다(2023년 현재 〈스우파〉 시즌 2가 방영중이다). 머릿속으로만 떠올려봤음직한 이러한 발상을 실제로 구현해냈다는 점에서 동시대의 다양한 모티브를 적극 반영해 시를 쓰는 고선경의 장기가 유감없이 발휘된 작품이다. K, L, M 과 같은 이니셜로 등장하는 출연진은 U를 제외하고 모두 습작생이다. 시는 이들의 오디션을 진행하면서 디시인사이드 문학 갤러리, 〈쇼미더머니〉, '어차피 우승은 송민호' 같은 인터넷 밈, 래퍼 스윙스가 촉발시킨 컨트롤 비트 대란, 기형도와 박준의 시 등 실제 현실의 모티브를 가져와 다양한 인유와 패러디와 풍자로 원본을 재해석해낸다. 곳곳에 재치가 넘친다. 개그 포인트는 착실하게 적립된다. 시가 이렇게 재미있어도 되나? 싶을 정도이다. 처음부터 끝까지 재기발랄하게 이어질 것 같던 시는 그러나 어느 순간 페이소스를 띠게 된다. 온갖 소란스럽고 다채로운 사건 사고 속에서도 이 프로그램의 시청률이 지극히 저조하다는 점이 밝혀지면서부터다. "심사위원과 습작생 모두 알 수 없는 무력감에 젖어 있"는 상황에 이르는 것이다.

마침내 겨우 생존하여 우승자가 된 K는 "우승 상금 일억원은 큰 액수였으나 감당하기 어려운 액수는 아니었고 인생을 뒤바꿔줄 액수도 못 되었다 세금을 제하면 더욱 그랬다 K의 블로그 방문자 수가 늘었다는 것을 제외하면 아무것도//아무것도 달라진 게 없"는 현실을 확인하게 된다. 엄청난 경쟁을 뚫고 우승하여도 블로그 방문자 수가 늘어나는 정도 외에 보상이 없다면 무엇을 믿고 시 쓰기를 계속할 수 있을까? 현실의 〈스트릿 우먼 파이터〉에 출연했던 많은 출연자들은 각각의 개성과 서사를 대중에게 각인시키며 셀럽이 되었다. 그렇다면 시는? 이것은 명백히 '시'라는 장르, '시인'이라는 상태(혹은 직업)에 대한 '업계 사람들'의 폐색감과 불안을 가감 없이 반영한 자조적인 희비극이 아닌가. 시의 교환 불가능성과 비자본주의적 속성은 어느 때고 오랫동안 시인들의 주제가 되어왔지만 그런 때에도 화폐로 환산될 수 없는 시의 가치에 대한 믿음은 면면히 보존되어왔던 것이 사실이다. 그러나 각종 대중문화와 콘텐츠의 폭발적인 공세 앞에서 시에 대한 낭만적인 믿음 같은 것은 이제 정색하며 내놓기에는 민망한 옛 노래가 된 느낌이다. 물질적 보상을 포기한 지는 오래이지만 시의 예술적·문화적 가치에 대한 사회적 믿음과 인정마저 사라진다면 이것이 출구 없는 디스토피아가 아니면 무엇일까. 이번에도 눈물이……어쩐다…… 시 그 자체를 소재로, '온실'이 아니라 '저잣거리(스트릿)'에서 이만한 자기 반영성을 드러내며 흥미로운 작품을 구현해낸 시인에게 감탄하면서도, 여기에 일정 정도의 폐색감과 자조적 체념이 감도는 사실마저 피할 수는 없 ―
다. 고선경은 바로 이러한 지점을 건드리며 우리 시대 시의
곤경을 적극적으로 형상화해낸다.

할 수 있는 건 패스티시와 복고?

이런 상황에서 "반성적 무기력(reflexive impotence)"[2]에
빠져들지 않기란 어려운 일이다. 상황이 좋지 않다는 것을
알지만 동시에 자신이 할 수 있는 일이 아무것도 없다는 사
실 역시 아는 데에서 오는 감정이 바로 반성적 무기력이다.
이런 무기력을 배음으로 깔고 있는 농담은 그것이 농담일지
라도 씁쓸할 수밖에 없다. 고선경의 활기차던 시편들이 착
가라앉아 비릿하게 씁쓸해지는 순간도 바로 이런 대목에서
다. 예를 들어 「리얼 다큐멘터리」 「완벽한 휴가의 클리셰」
등의 작품을 보면 시 혹은 시인은 대접은커녕 어느 누구에
게도 제대로 이해받지 못한다. 투입되는 자본의 총량 면에
서 대형 신인 걸그룹의 노래에 비할 수가 없고, 심지어 다
른 분야의 문화 예술 종사자들에게도 잠깐의 흥미 이외에는
아무런 리스펙트와 감흥의 대상이 되지 못하는 문학의 현
실이 드러난다. 시의 결말에 이르러 등장인물들이 '침묵'하

---

2) 마크 피셔, 같은 책, 44쪽.

거나 '졸음'에 빠져드는 것은 반성적 무기력의 자연스런 귀
결점인 셈이다.

이처럼 모든 것이 고갈되고 도래할 새로움의 충격을 상상
할 수 없을 때 등장하는 것이 바로 패스티시와 복고주의이
다.[3] 패스티시는 패러디의 일종으로 '짜깁기'를 말한다. 기
존 텍스트(기성품)를 모방·재조합하여 2차 텍스트를 만드
는 것이다. 프레드릭 제임슨에 따르면 패러디가 원본 혹은
현실에 대한 비판·풍자가 두드러진다면 상대적으로 패스티
시는 '저항 없는 닮음'에 가까워 비판과 풍자는 약화되고 오
히려 유희성이 강화된다.[4] 물론 고선경의 작품은 패러디와
패스티시를 자유롭게 넘나든다. 풍자의 정도를 기준으로 굳
이 구분해보자면 앞서 살펴본 「스트릿 문학 파이터」는 패러
디에 가깝다. 반면 새롭게 살펴볼 「시집 코너」와 같은 작품
은 풍자보다는 유희성이 더 강하게 느껴진다는 점에서 패스
티시에 가깝다고 할 수 있다. 이미 출간된 마흔한 권의 시집
제목을 가져와 제목을 그대로 살리면서 짜깁기를 하고, 몇 개

---

3) 마크 피셔는 프레드릭 제임슨과 사이먼 레이놀즈를 경유하여 "참
신함과 혁신에 대한 자본의 모든 수사에도 불구하고 문화가 점점 더
동질화되고 예상 가능한 것으로 변해왔다는 점이 이제는 분명"(마크
피셔, 같은 책, 145쪽)해졌다고 판단한다. 그는 이런 상황에서 가능
한 문화적 방법론이 패스티시와 복고주의라고 말한다.
4) 프레드릭 제임슨의 패스티시에 대한 설명은 정끝별, 「9장 패러
디, 패스티시, 키치」, 『시론』, 문학동네, 2021, 258~259쪽 참조.

의 문장을 추가하여 매끄럽게 만드는 방식으로 완성한「시
집 코너」는 어떻게 기성품을 가져와서 어색한 부분 하나 없
이 자기 것처럼 소화하여 한 편의 매끄럽고 능청스러운 작
품을 만들었을까 싶은 기발한 작품이다. 동시에 문학에서
더이상 새로운 것은 없으며 고유한 것처럼 여겨졌던 개별
시집의 제목이 한 편의 시로 모였을 때 별다른 차별성을 보
이지 못하며 배치만 적절하게 이루어진다면 등가로 교환될
수 있음을 보여준다는 점에서 창조성과 개성의 쇠퇴에 대한
씁쓸한 진실을 환기시킨다.

「세기말을 떠나온 신인류는 종말을 아꼈다」는 어떤가. "중학
생 때 멋지다고 생각했던 것들은/절반쯤 기억나지 않고/또
절반쯤 여전히 멋지다/무한케도 서태지 패닉//뒤늦은 사
랑이라는 말은 말이 되지만/뒤늦은 그리움이라는 말은 말
이 안 되지/그리움에는 제철이 없어서"와 같은 구절을 보
자. 1980년대 말에서 1990년대 중후반에 이르기까지, 청년
들은 신세대-신인류-X세대와 같은 새로운 이름으로 호명
되었다. 이들은 한국 경제의 풍요와 호황 속에서 대중문화
의 전성기를 이끌었고 또한 충분히 누렸다.「세기말을 떠나
온 신인류는 종말을 아꼈다」에는 이 시기에 K팝의 기틀을
마련했던 그룹 혹은 가수들의 노래를 여전히 즐기는 화자가
등장한다. 인상적인 건 여기에는 자신이 살아본 적도 없고
경험한 적도 없는 '전성기'에 대한 아련한 향수가 배어 있다
는 점이다. 그런 이유로 지금 현실에서 더이상 새로운 것이

탄생하지 못할 때 과거의 좋았던 것을 재발굴하여 반복적으로 향유하는 복고주의의 한 사례로 이 장면을 꼽는 일이 어색해 보이지 않는다.

그렇다면 고선경은 출구 없는 현실에서 미래를 꿈꾸지 못하고 기성품의 짜깁기와 과거의 좋은 것들을 추구하는 복고주의의 감각 속에서 폐색감을 견디는 일을 자신의 과업으로 삼고 있다고 말할 수 있는 것일까? 결론부터 말하자면 그렇지는 않은 것 같다. 고선경의 현실 인식은 생생하고 치밀하지만 그러면서도 현실에 완전히 잠식되지는 않는다.

미지의 세계로 출발할 준비를 끝낸 것처럼
목줄을 놓고 모자를 날려보내는
그 소녀를 나는 그리워하지

(……)

무엇을 찾으려 했더라 궁금해할수록
다락방의 어둠은 깊고 거대해진다

눈을 뜨면 절반쯤 기억나지 않는 꿈
또 절반쯤은 여전히 기다려지지

나는 붓질도 못하고 색채도 모르지만

화가가 되고 싶었어
그리움을 모르는 소녀가 되고 싶었어

(……)

없는 것 같아서
있는 것 같아서

무엇이든 절반쯤은 미지

미지가 나를 떠나려고 하네
　　—「세기말을 떠나온 신인류는 종말을 아꼈다」 부분

　초반의 복고주의와 달리, 시의 후반에 이르면 고선경은 '미
지(未知)의 세계'에 대한 기대를 놓지 않고, 손쉽게 종말을
수용해버리지 않는 방식으로 복고주의의 그리움에 함몰되
는 소녀가 되기를 멈춘다. "붓질도 못하고 색채도 모르지
만/화가가 되고 싶"은 새로운 욕망으로 그리움을 대체하며
'할 수 없지만 되고 싶다'는, 욕망의 새로운 규율을 만들어
자기 안의 불확실성을 오히려 미지로 개방한다. 이제 자본
주의 리얼리즘의 체념 혹은 반성적 무기력은 '새로운 (불가
능한) 욕망'으로 대체된다. '할 수 있어서 되고 싶다'가 아니
라 '할 수 없지만 되고 싶다'는 점이 중요하다. 후자의 편에

서야 이 무거운 현실을 찢을 길이 열린다. 없는 것 같기도, 있는 것 같기도 한 미래의 이미지를 상상하며 미지가 자신을 떠나려고 하는 상황 속에서도 "무엇이든 절반쯤은 미지"임을 상기하며 종말에 잠식되는 결말을 유예시키는 것이다.

K는 슬펐지만 씩씩하려고 한다

물론 아무리 긍정적으로 생각하려고 해도, 치열하게 생각하고 철저하게 검증할수록 자본주의 리얼리즘의 짙은 폐색감은 걷힐 기미가 보이지 않는 것이 사실이다. "여러 매체에서 묘사되는 젊은 날은 대개 비현실적으로 빛나고 아름다우며 엉망진창인 것입니다//블루투스 스피커에서 흘러나오는 라디오 속삭임 찢어발기고 싶은 종이들 매미 울음소리 너무너무/맹렬한 건 뭐든 무섭지 않아? 그게 호의고 선의고/다정일지라도"(「연장전」)와 같은 구절을 만나면 다시 체념의 나락으로 떨어지는 기분이 드는 것도 그래서이다. 인상적인 것은 "맹렬한 건 뭐든 무섭지 않아?"라는 저 질문이다. 맹렬한 것은 왜 무서운가. 호의고 선의고 다정이라면 그것의 총량이 많아질수록 더 고마울 것 같은데 대체 왜? 실은 여기에는 상환 불가능성에 대한 두려움이 내재되어 있다. 가진 게 없고 더 나아질 가능성도 희박한 어떤 사람에게 타인의 맹렬한 호의와 선의와 다정은 끊임없이 '나에겐 그걸 갚을 능력이 없다'는 점을 상기시키며 현실의 절망을 강화하기도 하는 것이다.

그러한 텅 빈 자아 감각 혹은 절망적 현실 인식에도 불구하고 고선경이 끝까지 '새로운 (불가능한) 욕망'으로 포기하지 않는 일 중의 하나가 '사랑'이다. 이번 시집에서 사랑을 말할 때, 고선경의 언어는 한결 차분해지고 부드러워지며 시간은 특별히 미래를 향해 푸르게 열린다. 예를 들어 「별사탕과 연금술사」에서 가장 눈에 띄는 대목은 이런 부분이다. "열매의 안쪽에서 꿈틀대는 벌레가/사랑의 형상에 가깝다고 생각합니다//한 번도/저주받았다고 생각한 적 없어요//나는 설레고 싶을 뿐이에요/태어나는 모든 것에 대해"와 같은 문장들을 보라. 잘 익은 알밤을 쪼갰을 때 알맹이가 상해 있다고 실망하는 사람도 있겠지만, 고선경은 안쪽에서 꿈틀대는 밤벌레를 오히려 사랑의 형상으로 재해석해낸다. 끝이 아니라 무언가 시작될 순간으로 저 풍경을 이해한다. 이만한 반전의 능력이라면 "한 번도/저주받았다고 생각한 적 없어요"라고 말할 수도 있지 않을까? 온통 엉망진창인 것처럼 보이는 현실에서도 "비현실적으로 빛나고 아름다"(「연장전」)운 것에 대한 불가능한 욕망을 포기하지 않는 방식으로 이 현실에 자신을 다시 개입시키는 것이다.

바로 이런 대목에서 "당신은 마음에서 돌을 꺼내 내게 주세요/나는 그것을 깨뜨려 별사탕으로 만들 줄 압니다"(「별사탕과 연금술사」)와 같은 지고지순한 능동적 이미지도 상

상 가능해진다. 따라서 "그러니까 그냥/내가 필요하다고 말
해줘//보사노바풍으로/기쁜 보사노바풍으로"(「우리의 보사
노바」)라든지 "사랑하자//파산해버릴 때까지"(「부루마불」)
와 같은 구절들은 고선경의 화자를 반성적 무기력이 만들어
내는 '소비자-구경꾼'의 자리에서 '창작자-참여자'의 위치
로 이동시킨다. 그리하여 비록 네가 초능력을 쓰지 못하는
외계인일지라도 너를 사랑할 수 있으며, "내 사랑이 너에게
는 초능력처럼 느껴졌으면 해"(「외계인이 초능력을 쓸 거
라는 생각은 누가 처음 했을까?」)와 같은 사랑스러운 말을
능히 할 수 있는 존재로 탈바꿈시킨다. 이 세상에 초능력은
없지만 내 사랑이 너에게는 초능력처럼 느껴졌으면 해. 그
러니 우리 여기 남아 삶을 더 지속해보자. 이보다 더 달콤
한 고백이 또 있을까.

　앞서 읽었던 「스트릿 문학 파이터」에서 최종 우승자가 된
K의 특징은 이렇게 설명된다. "K는 슬펐지만 씩씩하려 애
썼다". K와 고선경을 겹쳐 읽어본다. 고선경은 이렇게 말하
는 것 같다. 우리들의 스물, 아무도 망가뜨리지 않았는데 저
절로 망가지는 것 같았던 시절이 있었지. 그 시절에도 나는
시를 썼어. 내 친구들과 함께. 그 이후에도 나는 계속 시를
썼어. 또한 내 친구들과 함께. 그런데 애들아! 우리들의 게
임에서는 더 슬픈 사람이 이기는 게 아니야. 게임을 더 재미
있어하는 사람이 이기는 거야. 계속 지고도 다음 판으로 넘
어가는 사람이 결국 이기는 거야. 나는 모두가 져버려서 아

무도 지지 않는 게임을 하고 싶었어. 깔깔 웃는 것으로 끝
나는, 그렇게 시작되는.[5] 고선경은 자본주의 리얼리즘이 지
배하는, 체념과 무기력만 남은 것처럼 보이는 이 세상에서
농담을 던지고 깔깔 웃는 방식으로 아무도 지지 않는 게임
을 하려는 사람이다. 설사 지더라도 웃으며 다음으로 넘어
가려 애쓰는 사람이다. 그런 의미에서 고선경을 이렇게 불
러도 좋지 않을까. 고선경은 불가능한 사랑과 함께 새로운
시작을 상상하고 망할 놈의 세상과 싸우는 스트릿 문학 파
이터다.

---

5) 「스트릿 문학 파이터」의 등장인물 K와 시인 고선경을 나란히 놓
고 시인의 주제의식을 유추하는 대목은 이 시집에 수록된 시 「수정
과 셰리」의 구절을 거의 그대로 빌려온 것이다.

문학동네시인선 202
샤워젤과 소다수
ⓒ 고선경 2023

1판 1쇄 2023년 10월 19일
1판 14쇄 2024년 11월 5일

지은이 | 고선경
책임편집 | 김수아 편집 | 정민교 정은진
디자인 | 수류산방(樹流山房)
본문 디자인 | 이원경
저작권 | 박지영 형소진 최은진 오서영
마케팅 | 정민호 서지화 한민아 이민경 왕지경 정경주 김수인 김혜원
       김하연 김예진
브랜딩 | 함유지 함근아 박민재 김희숙 이송이 박다솔 조다현 정승민 배진성
제작 | 강신은 김동욱 이순호 제작처 | 영신사

펴낸곳 | (주)문학동네
펴낸이 | 김소영
출판등록 | 1993년 10월 22일 제2003-000045호
주소 | 10881 경기도 파주시 회동길 210
전자우편 | editor@munhak.com
대표전화 | 031) 955-8888 팩스 | 031) 955-8855
문의전화 | 031) 955-2696(마케팅), 031) 955-1922(편집)
문학동네카페 | http://cafe.naver.com/mhdn
인스타그램 | @munhakdongne 트위터 | @munhakdongne
북클럽문학동네 | http://bookclubmunhak.com

ISBN 978-89-546-9601-2 03810

* 이 책의 판권은 지은이와 문학동네에 있습니다. 이 책 내용의 전부 또는 일부를 재사용
  하려면 반드시 양측의 서면 동의를 받아야 합니다.

잘못된 책은 구입하신 서점에서 교환해드립니다.
기타 교환 문의: 031) 955-2661, 3580

www.munhak.com

문학동네